「エルセが僕を異性として
見ていないことは分かっています。
ですから、振り向いてもらえるまで
いつまでも待ちます」
「きっと僕の人生で、
誰かを好きになるのは
これが最初で最後ですから」

エルセ・リース
ティアナの前世。
リーヴィス帝国の先代の大聖女。
17年前に死亡。
フェリクス・フォン・リーヴィス
リーヴィス帝国の皇帝。
ティアナが生涯愛し続けると誓った
エルセの生まれ変わりだと知り…。
シルヴィア・ドラモンド
ファロン王国の現在の大聖女。
ティアナを虐げていた。

イザベラ・デラルト
デラルト王国の第四王女で、
かつてエルセが指導していた聖女。
ティアナ・エヴァレット
「空っぽ聖女」と虐げられていたが、
大聖女だった前世が覚醒。
フェリクスに皇妃として迎えられた。
ルフィノ
リーヴィス帝国一の魔法使い。
エルフの血を引き、
エルセとも親しかった。

「じゃあもう、
遠慮する必要はないよね？」
「えっ」
「昨日はティアナの気持ちが
分からなかったから、
我慢をしていたんだ」

空っぽ聖女として捨てられたはずが、嫁ぎ先の皇帝陛下に溺愛されています

2

琴子

イラスト　ザネリ

Contents

第一章 ✴ 聖女と聖女

ゆっくりと意識が浮上し、瞼《まぶた》を開ける。

視界に広がる華やかな天井に慣れてきたのも、つい最近のことだ。

「ふわあ……」

欠伸《あくび》をひとつして身体《からだ》を起こすと、ベッドサイドに置いてあるベルをちりんと鳴らした。

「おはようございます、ティアナ様」

「おはよう、マリエル」

すぐに私の侍女であるマリエルやメイド達が部屋へ入ってきて、身支度を整えてくれる。

以前「これくらい一人でできるから大丈夫」とマリエルに言ったけれど、リーヴィス帝国の皇妃となった今、そういうわけにもいかないと怒られてしまった。

「ティアナ様は今日もとてもお美しいですね。陛下もきっと見惚《みと》れてしまいます」

「そうかしら？　ありがとう」

無能な空っぽ聖女のティアナ・エヴァレットとして、ファロン王国で虐《しいた》げられていた頃が嘘みたいに、最高の待遇を受けている。

最近は皇帝であるフェリクス自ら、私が快適に過ごせるようにと使用人の選定までするものだから、尚更《なおさら》だった。

（その分、私が帝国のためにできることはしないと）

支度が済んだというマリエルの声に顔を上げると、化粧台の鏡に映る華やかな姿をした自分と目が合った。

「……このドレス、一体いくらするのかしら」

今日はグラデーションが美しいミントブルーのドレスを着ており、長い髪は大粒のサファイアの髪留めで結い上げられていて、どちらもよく私に似合っている。

これらは全てフェリクスが私に贈ってくれたもので、最近はこうして贈り物をされることもかなり増えた。

お蔭《かげ》で私のクローゼットの中は青や水色のドレス、アクセサリーでいっぱいになっている。

帝国には昔から、男性は自分の瞳と同じ色のものを愛する女性に贈るという風習があった。

ネックレスやピアスといったアクセサリーが一般的な中、ドレスともなると愛情の大きさや独占欲が強いというのが丸分かりになってしまう。

（周りからは微笑《ほほえ》ましげなまなざしを向けられるし、落ち着かないのよね……）

初めは夫婦円満アピールかとも思ったけれど、最近はフェリクスが素でやっているのだと気付いてしまった。

色々と考えてはじわじわと顔に熱が集まっていくのを感じ、軽く頬を叩いて立ち上がり、マリエルを連れて自室を後にした。

そうして向かった食堂にはすでに、リーヴィス帝国の皇帝であり、私の夫となったフェリクス・フォン・リーヴィスの姿があった。

私の姿を見るなり、フェリクスは柔らかく微笑む。

朝から眩《まぶ》しい美貌に目を細めつつ、笑顔を返した。

「おはよう、ティアナ。昨晩はよく眠れた？」

「ええ、お蔭様で」

席に着くと、すぐに朝食が運ばれてくる。帝国に来た頃よりもずっと量を食べられるようになったし、健康的な身体になったように思う。

「今日の予定は？」

「ルフィノと魔法塔で、来週ベルタ村へ行く際の最終確認をするつもりよ」

——リーヴィス帝国には、五つの呪われた地が存在した。

ひとつ目の『ナイトリー湖』は、私が前世——帝国の大聖女、エルセ・リースだった頃の記憶を取り戻し、自らの身体を浄化したのと同時に浄化された。

ふたつ目の『赤の洞窟』にはフェリクスとルフィノと共に向かい、かなりの危険を伴いながらも、なんとか解呪《かいじゅ》をすることができた。

そしてそこで、私の失われた魔力が帝国の呪いの元になっているという、恐ろしい事実も知ってしまった。

間違いなくシルヴィアやファロン神殿の人間の仕業で、絶対に許すことはできない。

（けれど赤の洞窟を浄化したことで、失われていた魔力がかなり戻ったわ）

膨大な魔力を持っていた頃の30％程度くらいまでには戻ったし、これだけあれば大抵のことには対応できるはず。

身体から魔力が吸い上げられているような嫌な感覚も、以前よりずっと減った。

ロッドを磨く程度の魔力しかなかった過去を思い出すと、涙が出そうになる。

「残り三箇所はベルタ村、地下遺跡、バルトルト墳墓よね」

「ああ」

今後、ひとつひとつ浄化していかなければ。

その度に魔力も回復していくはずだし、絶対にやり遂げられると信じている。

「ベルタ村は他の三箇所に比べて、呪いは弱いみたいだけれど……」

「過去の記録を見る限りはそうだね。だが、十年経った今はどうなっているか分からない。油断は禁物だろう」

そして残りの三箇所のうち、ここから一番近い『ベルタ村』は、過去に恐ろしい疫病が流行《はや》った地だ。被害を広げないために封鎖され、十年以上もの間、完全に隔離されているという。

幾人もの魔法使いが命を懸けて張った結界で村は覆われており、周囲への被害は抑えられているそうだ。

中へ入るにはその結界を解かなければならないし、必ず浄化をしきらなければ、再び被害が広がってしまう。

(失敗は絶対に許されないし、気を引き締めないと)

「俺もついているから、安心して」

「ええ、ありがとう」

そんな緊張が顔に出てしまっていたのか、フェリクスは気遣う言葉をかけてくれる。

当日は剣や魔法に秀でたフェリクスだけでなく、帝国で一番の魔法使いであるルフィノも一緒なのだ。

きっと大丈夫だと自分に言い聞かせた、のだけれど。

「フェリクス様！　失礼いたします！」

そんな中、フェリクスの側近であるバイロンがやけに慌てた様子で駆け込んできた。

一緒に食事をしている私にも気を遣い、軽く会釈してくれる。

(以前とは別人のような態度だわ)

フェリクスに何かを耳打ちする姿を見ながら、数ヶ月前のことを思い出す。

私が帝国に来た頃はいつも睨《にら》まれていたというのに、今ではきちんと皇妃、聖女としての扱いをしてくれている。

元々の扱いもある意味当然で、バイロンを責めるつもりはない。それに彼だけでなく、王城で仕える人々や国民からも今は認められ、心の支えになれているようで良かった。

後は呪いさえ解ければ、仮初《かりそめ》の皇妃としての私の役割は終わり——と考えたところで、ふと結婚式の日にフェリクスに告げられた言葉を思い出す。

『いずれ全ての呪いを解き国が安定した後も、俺と一緒にいたいと思ってくれた時には、またこの場所へティアナと共に来られたら嬉しい』

その時、自分がどんな選択をするのかはまだ分からない。

それでも、絶対に悔いのないような選択をしたいと思っている。

「ティアナ」

「なあに？」

「すまない、少し用事ができた。先に失礼するよ」

「ええ、分かったわ」

フェリクスは申し訳ないという顔をして、バイロンと食堂を出ていく。よほど緊急の用ができたのだろうと思いながら、笑顔で見送る。

私も頑張らなきゃと気合を入れつつ、ひとり食事を続けた。


その後、魔法塔へ移動した私はルフィノと共にベルタ村についての資料を確認していた。

「結界を解いてお二人が中へ入った後、すぐに僕と部下達で結界を張り直します。どれほど持つかは分かりませんが、できる限りのことはします」

「ありがとう」

現在の状態が分からないものの、周りに被害が出ないようルフィノ達が防いでくれることになっている。

そして村の中には、私とフェリクスだけが向かう手筈《てはず》になっていた。

「本当にお二人だけで大丈夫ですか？」

「そうね、大丈夫だと思いたいんだけれど……」

本音を言うと、かなり心配な気持ちはあった。

魔力が増えたと言っても、赤の洞窟のように上手《うま》くいくとは限らない。あの時だって、少しでも気を緩めれば命を落としていただろう。

フェリクスの実力は確かなものだけれど、浄化に関しては頼れない。

（サポートしてくれるような誰か――他にも聖女がいてくれたら良いんだけれど……）

とはいえ、聖女が貴重な存在である今、他国から借りてくるのは間違いなく無理だろうし、想像するだけ無駄だろう。

とにかく私がしっかりしなければ、と気を引き締めるのと同時に、頬をふにっと指先でつつかれた。驚いて視線を向けると、柔らかく目を細めたルフィノが微笑んでいた。

「あまり気負わないでくださいね。少しでも危険を感じたらすぐに戻ってきてください。あなたに何かあれば、僕を含めて悲しむ人間は大勢いますから」

ルフィノの表情や声音《こわね》からは、心から私を心配してくれているのが伝わってくる。

エルセの死によってルフィノは深く悲しみ、自分を責めていたのだ。

もうそんな思いは絶対にさせないという気持ちを込めて、笑顔を向けた。

「ええ、ありがとう。まずいと思ったらフェリクスを連れて走って逃げてくるわ」

「はい、約束ですよ」

ルフィノはそう言ってくれたけれど、失敗すれば再び呪いは広がり、多くの人々が危険に晒《さら》されることになる。チャンスは一度きりだ。

絶対に成功させなければと、再び資料を手に取った。


数時間後、私はルフィノと共に王城へと向かっていた。

近いし平気だと言っても、ルフィノは送ると言って聞かないため、お願いすることにした。

「私、ルフィノより優しい人を見たことがないわ。よく言われるでしょう？」

「そんなことはありませんよ。あなたにだけです」

「……え」

驚いて隣を見上げても、ルフィノは平然とした様子のまま。

（私にだけって、どういう意味……？）

なんだか落ち着かない気持ちになっていると、王城の正面玄関口がやけに人で溢《あふ》れていることに気が付いた。

「あら？　なんだか騒がしいわね」

「あの紋章は……」

そう呟《つぶや》いたルフィノの視線は、見覚えのない騎士達が腰から下げた剣へ向けられている。

剣の柄《つか》に象られた紋章には、覚えがあった。

（確かあれは……デラルト王国のものだわ）

なぜ他国の騎士がこんなにも大勢いるのだろうと不思議に思いながら、近付いていく。

やがてその中心にフェリクスの姿を見つけ、声をかけようとした、けれど。

「……え」

フェリクスの隣には見覚えのない美女の姿があり、彼女の腕はしっかりとフェリクスの腕に絡められていて、思わず躊躇《ためら》ってしまう。

今世で彼と過ごした時間はまだ長くないけれど、あんな風に女性に触れられるのを許している姿は初めて見たように思う。

とはいえ、身分の高い相手に対するエスコートだと考えると、ごく自然なことではあった。

（一体どなたなのかしら）

長い睫毛《まつげ》に覆われた大きなアメジストの瞳、鼻筋が通ったつんとした鼻、形の良い桃色の小さな唇。緩くウェーブがかかった輝く金髪が風に揺れ、まるで天使のようだった。

何もかもが完璧で誰が見ても美しいと認めるであろう容姿に、同性ながら見惚れてしまう。

（それにあの服装、まるで聖女のような――……）

じっと見つめていると、やがて彼女の小さな顔がこちらへと向けられる。

その瞬間、整いすぎた顔はぱあっと嬉しさでいっぱいになった。

「ルフィノ様！　お久しぶりです！」

どうやらルフィノの知り合いでもあるらしく、私の隣に立つルフィノのもとへ駆けてくる。

ルフィノは少し戸惑った様子で「まさか」と呟く。

「ふふ、覚えていないなんて言わないでくださいね。私です、イザベラです」

「えっ」

驚きで私の口からは大きな声が漏れてしまい、慌てて口元を手で覆う。

（この女性が本当にあの、イザベラなの？）

――私の知るイザベラはデラルト王国の第四王女であり、聖魔法属性を持つ聖女だった。

前世で私が大聖女だった頃、イザベラは聖女の力の扱い方を学ぶため、二年間ほどリーヴィス帝国に滞在していたのだ。

多すぎる魔力量を上手く扱えずにいた彼女に、よく直接指導していたことを思い出す。

『エルセ様、大好きです！　大きくなったらエルセ様みたいな大聖女になってみせます』

『ありがとう。きっとイザベラならなれるわ』

短い付き合いではあったものの、とても私を慕ってくれていたイザベラのことはよく覚えているし、私自身も彼女のことをかわいく、愛おしく思っていた。

確かに面影はあり、澄み切ったこの膨大な魔力はイザベラで間違いなさそうだ。

（こんなに素敵な女性になったのね）

当時は七歳ほどだった彼女も、十七年経った今は二十四歳になっているはず。

あんなに小さかったのに、立派な大人になったと勝手に感動してしまう。

「あなた、もしかして……！」

私が大きな声を出してしまったことで、イザベラの紫色の瞳がこちらへ向けられる。

うっかり親しげに声をかけてしまいそうになったものの、すんでのところで堪《こら》え、穏やかな笑顔を作った。

今の私は帝国の皇妃であり、彼女は王国の王女という立場なのだから。

「初めまして。リーヴィス帝国の皇妃、そして聖女のティアナと申します」

「………」

私は再会できたことを嬉しく思っているけれど、イザベラが私に向ける眼差しはひどく鋭いもので、戸惑いを隠せなくなる。

「お初にお目にかかります。デラルト王国第四王女であり、聖女のイザベラ・デラルトです」

丁寧な言葉とは裏腹に声色《こわいろ》は低く、先程のルフィノに対しての態度とは全く違う。

（私、何かしてしまったかしら……？）

どう見ても私に対して敵対心を抱いていて、それを察したらしいフェリクスはすぐにこちらへやってくると、私を庇《かば》うように前に立った。

「ティアナ。彼女は帝国の呪いを解くために来てくれたんだ」

「えっ？」

イザベラは頷き、長く美しい髪をふわりと背中へ流す。

「お父様や大臣達を納得させるのに、かなり時間がかかってしまいましたけどね」

呆れたように肩を竦《すく》め、溜め息を吐《つ》く。

衰退した他国のために王女であり聖女である彼女を危険に晒すなんて、反対するのは当然だった。今の帝国に恩を売って、栄えているデラルト王国が得をするとは思えない。

それでも必死に説得をして危険を顧みずに来てくれたイザベラは、心からこの国を想ってくれているのだろうと胸を打たれた。

そしてそれは私だけではなく、フェリクスやルフィノ、他の人々も同じようだった。

「ありがとうございます、イザベラ様。あまりにも素敵に成長されていたので驚きました」

「ふふ、本当ですか？　たった二年でしたが、帝国での日々は私の人生において大切で、かけがえのない日々でしたから」

ルフィノに柔らかな笑顔を向けるイザベラの言葉に、心が温かくなる。

イザベラが王国へ戻ったのはエルセが命を落とす半年くらい前のことで、彼女を巻き込まずに済んで良かった。

（何より、とても心強いわ）

当時子どもだった頃も彼女の魔法はとても優れていたし、きっと今は素晴らしい聖女になっていることは容易に想像がつく。

今後呪いを解いていく上で、間違いなく大きな力になってくれるだろう。

「イザベラ様、ありがとうございます」

「別にあなたのためじゃないので」

「えっ」

つんとした態度で私から顔を背けるイザベラに、場の温度は一瞬にして下がっていく。

(やっぱり私に対して当たりが強いわ。ティアナとして会うのは初めてなのに)

もしかすると、彼女のもとにまで私が無能な聖女だという噂《うわさ》が広まっているのかもしれない。

何か誤解があったとしても、誠実な態度をとっていればいつかは分かってくれるはず。

今はとにかく、イザベラを歓迎したい。

「お気を悪くされたのであれば、申し訳ありません。どうかよろしくお願いします」

「——はっ」

そんな気持ちを込めてなおも笑顔を向けると、イザベラはさらに苛立った様子を見せた。

「イザベラ」

「移動で疲れたわ、部屋へ案内してくださらない?」

イザベラの態度を咎《とが》めるようなフェリクスに対しても、全く気にする様子はない。

フェリクスとイザベラも年が近かったこと、皇子と王女という立場もあって、交流があったことを思い出す。先ほど親しげにしていたのも納得がいく。

「僕が案内しますよ。積もる話もありますし」

「まあ、ルフィノ様が? 嬉しいです」

空気を読んでくれたらしいルフィノがそう声をかけると、イザベラは嬉しそうに微笑む。

フェリクスは溜め息を吐き、私へ気遣うような視線を向けた。

「驚かせてしまってごめんね。俺も今しがた知ったんだ」

「そうだったのね。私は大丈夫よ」

今朝《けさ》、バイロンが慌てた様子でやってきたのも、この件についてだったのだろう。

「イザベラのことは覚えてる？」

「ええ、もちろん。大切な弟子の一人だったもの。また仲良くなりたいなって」

「……ありがとう」

イザベラの態度も全く気にしていないという気持ちを込めて微笑むと、フェリクスもほっとしたように口元を緩める。

すると私達を見ていたらしいイザベラは大きな目を見開き、驚いた表情を浮かべた。

「ずいぶん仲が良いんですね」

「夫婦だからな」

「フェリクス様が女性に対してそんな風に心を開くなんて、意外でしたわ」

イザベラはにっこりと唇で弧を描くと、こちらへ近づいてくる。

「──私、あなたのことを認めていませんから」

フェリクスとは反対側の私の耳元でそう囁《ささや》くと、イザベラは純白の聖女服を翻し、王城の中へと入っていった。

やはり私に関して、良くない話を聞いているのかもしれない。

「イザベラはなんて？」

「いえ、なんでもないわ」

フェリクスに心配はかけまいと誤魔化したけれど、根は深そうだ。

（さて、どうしたものかしら）

とはいえ、今更こんなことで傷ついたりもしない。

元々私になんの力もなかったのも事実で、バイロンだって最初はこんな態度だったのだから。

ひとまずイザベラとは一度きちんと話をしようと決め、私も王城へ足を踏み入れた。


その日の晩、イザベラを歓迎する気持ちを込めてフェリクスと私、ルフィノと四人での晩餐《ばんさん》会《かい》が開かれることになった。

フェリクスはやはり心配してくれていたけれど、私としてはイザベラと少しでも関わる機会を増やしたいと思っていたため、好都合だった。

「ティアナ」

「あら、ルフィノ」

身支度を終えて食堂へと向かう途中、廊下でルフィノに出くわした。

「食堂までご一緒しても？」

「ええ、もちろん」

「ティアナと食事をするのは初めてですね。嬉しいです」

「確かにそうね。昔はよく三人で食べていたけれど」

ティアナとしては一度もなかったけれど、前世ではよく幼いフェリクスとルフィノと三人で離宮にて食事をしていたことを思い出す。

（フェリクスはルフィノがいる時だけはなぜか、絶対に好き嫌いしなかったのよね）

懐かしくて愛しい日々を思い返すと、胸が温かくなる。

それからルフィノは、先程イザベラを案内した際のことを話してくれた。

「僕と一緒にいる時は昔のままでしたよ。素直で明るい子で、僕だけでなく使用人達にも丁寧に接していました。あなたにだけあんな態度なのが不思議なくらいです」

使用人の小さな火傷《やけど》にも気が付き、すぐに治癒魔法をかけて治したりと、心優しい聖女として既に城内の人々からも好かれ始めているという。

「そう、良かった」

「良かった、ですか？」

「ええ。だって昔のままのイザベラなら、きっと接しているうちに仲良くなれるもの」

シルヴィアのように別人になってしまったというなら別だけれど、ただ私のことが嫌いなだけなら難しい話ではないはず。

そう話すとルフィノは口元に手をあて、楽しげに笑った。

「そうですね。あなたはそういう人でした」

「とにかく今はイザベラを大切にしたいと思ってるわ」

危険を顧みずに帝国へ来てくれた彼女に、心からの感謝をしたい。

私の言葉に頷き、ルフィノは「はい」と柔らかく微笑んだ。


話しながら歩いていくと、食堂の前には二人分の人影があった。

「フェリクス、イザベラ様も」

「食堂へ向かう途中で会ったんだ」

「二人で懐かしい話ができて嬉しかったです。ああでも、フェリクス様とはずっと定期的にお会いしていたんですけれど」

フェリクスとイザベラも私達同様、途中で会って一緒にここまで来たのだという。

鈴が転がすような声で笑うイザベラの手は、さりげなくフェリクスの腕に触れている。

その様子を見ていると先ほど同様、胸の奥がざわつくのが分かった。

(さっきから、このモヤっとするのはなんなのかしら)

よく分からずに首を傾《かし》げていると、フェリクスがじっとこちらを見ていることに気が付く。

「二人はなぜ一緒に?」

「僕達も途中でお会いしたんです」

「……そうですか。立ち話もなんですし、中へどうぞ」

代わりにルフィノが答えてくれ、私達は食堂の中へと足を踏み入れた。

それぞれ席についた後はシャンパングラスで乾杯をして、食事を始める。

使用人達もいるとはいえ、いつも広い食堂で二人きりで食事をとっているため、ルフィノとイザベラがいると賑《にぎ》やかに感じる。

「イザベラ様はいつまで帝国に滞在してくださるのですか？」

「全ての呪いが解けるまでは帰らないと宣言してきたので、そのつもりです」

つんとした態度ではあるものの、私の質問にも答えてくれる。

またお礼を言うと「あなたのためではないので」なんて言われてしまったけれど。

「とはいえ、あまり時間がかかっては連れ戻されかねないですし、早急に行動を起こせたらとは思っています」

イザベラの言葉に、フェリクスやルフィノも頷く。

早急に全ての呪いを解きたいという気持ちは、私達も同じだった。

今この瞬間だって、呪いは帝国の地を蝕《むしば》み続けているのだから。

「まずは来週、五日後のベルタ村の浄化に同行してくれるだろうか」

「もちろんです。お役に立てるよう頑張りますね」

笑顔で頷くと、イザベラは優雅な手つきでグラスに口をつけた。

「それで、ナイトリー湖はなぜ浄化されたのですか？」

「それについては分からないままだ。現在調査中だよ」

フェリクスは表情ひとつ変えないまま、そう答えてのける。

（まだイザベラに話すつもりはないのね）

私とフェリクス、ルフィノ以外には私の魔力が帝国の呪いに使われていること、シルヴィアが元凶だということは伏せてある。

イザベラを信用していないわけではなくとも、印象が悪い中で私の魔力が原因となれば、余計な誤解を招いてしまう可能性もあるからだろう。

「赤の洞窟は本当にティアナ様が浄化したのですか？」

明らかに信じていない表情で、イザベラはそう尋ねる。

「ああ。俺がこの目で見届けたから、間違いはないよ」

「…………」

フェリクスが断言しても、やはりイザベラに納得する様子はない。

私が無能な空っぽ聖女だと噂で聞いたことがあっただけで、ここまで疑うだろうか。そんな引っかかりを覚える。

「ティアナ様は信頼のできる、とても素晴らしい聖女ですよ」

フォローするようにルフィノがそう言うと、イザベラは「そうですか」とだけ呟く。

「頼りにしていますね、ティアナ様」

「ありがとうございます。イザベラ様のお力もお借りできればと思います」

イザベラの全く感情のこもっていない皮肉めいた言葉に笑顔を返すと、気まずさと共にシャンパンを一気に飲み干した。


イザベラが帝国に来てから、もう四日が経つ。

長年聖女がいなかった帝国に私だけでなく彼女も来てくれたことで、民達はかなりの安心感や期待を抱いているようだった。

やはりイザベラは私以外の人には愛想が良いらしく、彼女への評価も上がり続けている。

一方、私は顔を合わせてもほぼ無視で、二人きりで話す機会もないまま。

フェリクスがイザベラに理由を尋ねても「言いたくない」の一点張りだという。

イザベラの私への態度が許せないらしく、フェリクスは話をすると言ってくれたけれど、気にしていないからと言って宥《なだ》めている。

何より明日はいよいよベルタ村に行く日だし、直前に変に拗《こじ》らせてしまうのも嫌だった。

だからこそ、無理に声をかけたりせずにいたのだけれど。

「……ありがとうございます、皇妃様」

「いえ、大丈夫です。お力になれて良かったです」

仕事の合間に偶然イザベラに出くわし、道に迷っていた彼女を図書館まで案内した。

一応は丁寧な態度をとってくれているものの、やはり私を嫌っているのが伝わってくる。

「図書館にはなんの用事ですか？　目的の本があるなら、本棚まで案内しますよ」

「明日までできる限りのことをしたいので、帝国について調べようと思いまして」

どこまでも帝国のために一生懸命になってくれる彼女に、胸を打たれる。

「……本当に、帝国を大切に思ってくれているんですね」

「はい。私はリーヴィス帝国を第二の故郷だと思っていますから。大切な人も思い出も、この地にはたくさんあります」

イザベラの声音や言葉からは、心から帝国を想っているのが伝わってきた。

（その思い出の中に、私《エルセ》との過去も含まれているかしら）

やはり危険な場所へ赴くのだから、少しでも関係が良いに越したことはない。

もしも私がエルセの生まれ変わりだと伝えたら、少しは印象が良くなるだろうか。

そんな淡い期待を胸に、口を開く。

「イザベラ様はエルセ・リースのことも知っているんですよね？」

するとその瞬間、彼女の纏《まと》う雰囲気が一気に冷え切る。

同時に、言ってはいけないことを口にしてしまったのだと悟った。

「大聖女様のことは、二度と口にしないでいただきたいです」

「どうして？」

「……嫌い、だからです」

イザベラは消え入りそうな声で言って立ち上がると、私をきつく睨んだ。

「全ての呪いを解いた後はもう、あなたに用はありません。そうしたら私とフェリクス様が結婚して帝国を守るので。昔、約束したんです」

「えっ？」

「とにかく明日、私の足を引っ張らないでくださいね」

イザベラはふんと鼻を鳴らしてそれだけ言うと、立ち去っていく。

その場に残された私は、呆然とその後ろ姿を見ていることしかできずにいた。

（私って、イザベラに嫌われていたの……!?）

ティアナは嫌われていてもエルセとして嫌われているなんて、想像していなかった。あの頃は大好きだと言ってくれていたし、嫌われていた様子だってなかったからだ。

「な、なんで……？」

これではもう、エルセだと知られると余計に印象が悪くなってしまいそうだ。

何より最後のフェリクスと結婚する、約束もしていたという言葉が頭から離れない。そんなこと、周りの人々もフェリクスも言っていなかったのに。

なぜだか胸が苦しくなって、心臓の辺りを右手でぎゅっと押さえる。

とにかく明日も朝は早いし部屋に戻って休まなきゃ、と立ち上がった時だった。

「ティアナ？　暗い顔をしているけど、何かあった？」

「フェリクス……」

顔を上げた先にはフェリクスの姿があって、どきりとしてしまう。

会議を終えたところらしく、これから彼も部屋に戻って休むところだという。

「明日のことを考えていただけよ」

「今、イザベラと話していたよね？　何か言われた？」

「…………」

余計な心配をかけたくなくて誤魔化そうとしたものの、無駄だったらしい。

フェリクスは私の手を取ると、そのまま手を引いて歩いていく。

そうして着いたのは、フェリクスの部屋だった。

いつものようにお茶を淹《い》れようとしたところ、腕を掴まれる。

「今はいいよ」

「わ、分かったわ」

そしてそのまま、ソファに並んで座った。

「……なんだか遠くない？」

「そ、そうかしら」

思わず誤魔化してしまったけれど、普段一緒に座る時より人一人分、フェリクスとの距離を空けてしまっている。

先程イザベラから聞いた「結婚する約束をした」という話が頭を過《よ》ぎり、なぜかぱっと離れて座ってしまった。

こんな露骨な変化に、勘の良いフェリクスが気付かないはずがなく。

「俺、何かした？」

じっとアイスブルーの両目で見つめられ、ぎくりとしてしまう。

――フェリクスがずっとエルセを一途に想ってくれていたことだって、分かっている。

だから、何も疑うことなんてない。

そう考えたところで、ふと引っかかりを覚えた。

（……疑うって、何？）

まるでフェリクスの気持ちが常に自分に向いていないといけない、とでもいうような烏滸《おこ》がましい考えに、自分でも困惑してしまう。

「ティアナ？」

そんなことを考え込んでいたものの、フェリクスの声ではっと我に返る。

「ごめんなさい、少し考えごとをしていたの」

とにかく余計なことは、何も考えないようにしよう。

そう決めてフェリクスへ笑顔を向け、最初の問いに対して答えることにした。

「……実はね、エルセのことも嫌いだと言われたの。今の私に対しては理解できるけれど、エルセも嫌われていたとは思わなくて」

昔の私は何かしてしまったかしらと尋ねると、フェリクスは目を瞬《またた》き、ふっと笑った。

「そんなはずはないよ。イザベラがエルセを嫌いだなんてこと、絶対にあり得ない」

「えっ？」

断言したフェリクスには、確信があるようだった。

「イザベラが何を考えているのかは分からないけど、ティアナが気にすることはないよ。明日でティアナの聖女としての力も明らかになって、誤解も解けるだろうし」

「そうだといいんだけれど……」

「他には何も言われていない？」

そう尋ねられ、どきりと心臓が跳ねる。

イザベラとフェリクスが結婚する約束をしていたという話が気になっているのに、なぜかフェリクスに直接尋ねることができない。

（どうして？　ただ聞くだけなのに）

答えを聞くのが怖くて仕方なくて、また胸の奥に黒いものが広がっていく感覚がする。

前世と今世を合わせても初めての経験に、戸惑いを隠せなくなった。

（そもそも私達の結婚は、帝国が安定するまでの契約結婚だったのに）

無事に呪いを解いて自由にのんびり過ごしたいと思っていたし、聖女であり皇妃という多忙な立場など、当初望んでいたものとは真逆な立場だ。

けれど今はそれが失われることが――フェリクスと離婚することが、何よりも嫌だと思う。

そんな様子に気が付いたらしいフェリクスは、心配げに私の顔を覗き込んだ。

「ティアナ？　今何を考えてる？」

「……離婚のことを、考えていて」

「は」

頭の中がぐるぐるとしていて、つい思い浮かんでいた言葉を口に出した瞬間、フェリクスの口からは低く短い声が漏れた。

きつく両腕を掴まれ、縋《すが》るようなふたつの碧眼《へきがん》に捉えられ、目を逸《そ》らせなくなる。

「――嫌だ」

フェリクスはそう呟くと、そのまま私をきつく抱き寄せた。

子どもの頃とは違う甘く優しい香りに包まれ、心臓が高鳴っていく。

「絶対に離婚はしない」

「えっ？」

困惑する私に、フェリクスは続ける。

「俺に嫌なところがあるなら言ってほしい。望むものだって全て用意する。呪いが解けた後は皇妃としての仕事だってしなくていいから」

「あの、フェリクス」

「俺はもう、ティアナがいないと駄目なんだ」

だから側《そば》にいてほしいと切実な声で言われた私は、慌てて口を開いた。

「ち、ちょっと待って、違うの！　ごめんなさい！」

言葉があまりにも足りなかったせいで、フェリクスは私が離婚をしたがっているという、とんでもない勘違いをしているようだった。

必死に「違う」と否定して胸板を両手で押して少し離れると、子どもみたいに不安げな表情をしたフェリクスと視線が絡んだ。

私のせいでこんな顔をさせてしまったのだと思うと胸が痛む一方で、不思議と先程までのもやもやも不安も消えていくのが分かった。

「誤解させてしまうようなことを言って、本当にごめんなさい。私だって離婚したいと思っているわけじゃないの」

「本当に？」

「ええ。その、むしろ私もしたくないと、思っていて……」

恥ずかしさが込み上げてきて、だんだんと言葉尻が小さくなってしまいながらも正直な気持ちを話すと、フェリクスの切れ長の目が見開かれた。

「……良かった。ティアナの気持ちを尊重したいと思うのに、頭が真っ白になった」

やがて力が抜けたように、フェリクスは私の肩に顔を埋《うず》めた。

そんなフェリクスに私もまた安堵してしまう。

もしも離婚をして、フェリクスが別の誰かと結婚することを想像したら――こんな風に誰かに触れることを想像したら、痛いくらいに胸が締め付けられた。

「ごめんね。……本当に好きだよ」

熱を帯びたまなざしや先程のひどく焦った様子から、どれほどフェリクスが私を好いてくれているのかが伝わってくる。

何か言わなきゃと思っても言葉が出てこなくて口ごもっていると、フェリクスは眉尻を下げて困ったように微笑んだ。

「明日も早いし、もう休んだほうがいい。部屋まで送るよ」

「送るって、部屋を出て数歩だから大丈夫よ」

お互いの部屋へ繋がる転移魔法陣は数歩の距離だからと言って断ろうとしても、フェリクスは首を左右に振る。

「少しの時間でも、ティアナといたいんだ」

「……っ」

たったの数十秒の時間でも惜しむなんて、少し前の私だったなら「もう」と言って笑い飛ばせていただろう。

けれど今は、それが嬉しいと思えてしまう。

(やっぱり最近の私、変だわ)

「おやすみ、ティアナ」

「ええ、おやすみなさい」

フェリクスに見送られ、自室へと戻る。

ぼふりとベッドに倒れ込んだ私は、とくとくと早鐘を打つ心臓の音が耳から離れず、しばらく寝付くことができなかった。

第二章 ✳ ベルタ村

ベルタ村の浄化をする、当日の朝。

私はフェリクス、ルフィノ、イザベラと共に馬車に揺られ、目的地へと向かっている。ゲートと呼ばれる転移魔法陣を使って長距離移動をしたため、計七時間ほどで到着するそうだ。

そのため朝の四時に出発し、朝日を背に馬車は走り続けている。

「イザベラ様、体調はどうですか？」

「問題ありません」

「…………」

「…………」

一度、イザベラに声をかけたものの、冷ややかな返事をされて会話は終わってしまった。

いくら嫌われていても、浄化の際には協力をしなければならない場面だってあるはず。

（このままで本当に大丈夫かしら）

万全の状態で望んでも「絶対に大丈夫」と言い切れないのが呪いというもので、やはり不安になってしまう。

そんな気持ちが顔に出てしまっていたのか、隣に座るフェリクスが膝の上に置いていた手にそっと自身の手を重ねた。

「大丈夫だよ。俺もついているから」

「ええ、心強いわ」

フェリクスがいると、どんなことでもできる気がしてくる。

彼の手を握り返し、前向きな気持ちで感謝の言葉を告げた。

「ベルタ村の結界は国に仕える魔法使い達が張ったものでしょう？　彼らが到着するまで時間がかかったでしょうし、どうして広範囲に広がらなかったのかしら」

「当時ベルタ村にいた魔法使いが、命をかけて最後まで結界を張っていたそうです。全てを抑え切ることはできなかったようですが、そのお蔭で被害はかなり減りました」

その魔法使いの張った結界を土台にして、駆けつけた帝国の魔法使い達が今の結界を張り、完全に封鎖されたのだとルフィノは教えてくれた。

「……そうだったのね」

そんな選択、誰にでもできるようなことではない。優れた結界を張れる魔法使いなら、生き延びる道だって探せたかもしれないのだから。

胸が痛みながらも、多くの人々の命を奪った呪いを絶対に解いてみせると、きつくロッドを握りしめた。

「ティアナ、手を」

「ありがとう」

フェリクスの手を取って馬車を降りると、そこには木々に覆われた小さな村があった。

「ここが、ベルタ村……」

外から見る様子は、普通の村となんら変わらないように見える。

ただ驚くほど静かで、生き物の気配が一切しない。そして村を取り囲む一定の場所から先には植物も一切生えておらず、そこが結界との境界線なのだということが分かる。

「……完璧な結界ね」

「はい」

思わずそう呟くと、隣に立つルフィノが静かに頷いた。

多くの人々が命懸けで張った結界は、見事なものだった。こうして村の目の前にいても、呪いの気配をほとんど感じないくらいには。

だからこそ、違和感を覚えてしまう。

――十五年前に張られたものにしてはあまりにも強力で、完璧すぎる。

強力な結界というのは、常に魔力を供給する必要がある。これほど広範囲なら尚更だ。

赤の洞窟の結界だって常に私の魔力を使い、張られていたものだ。

何よりこれは聖女でもなく当時の魔法使いによるものだと聞いているからこそ、なぜこれほどのものが維持されているのか理解できなかった。

「どうなっているの……？」

イザベラも同じ感想を抱いたらしく、首を傾げている。

そんな中ふと、結界の手前に小さな祠《ほこら》があることに気が付く。

そこには花が添えられ、小さな男性の像が置かれている。男性の像には傷み古びた、水晶でできたブレスレットが掛けられていた。

「これは？」

「この地に最初に結界を張った男性を祀《まつ》ったものです。このブレスレットが結界の媒介になっているそうです」

「そうなのね。何か神聖なものなのかしら」

とにかく中へ入って調べるしかないと、きつくロッドを握りしめる。

「準備ができたら、結界を破ります」

「はい、よろしくお願いします」

ルフィノに頷いたフェリクスは、村の外で待機する魔法使いや騎士達に指示をしていく。

私達だってルフィノだって、失敗する可能性はある。

近隣の町の住民達には一時的に避難するよう指示をしてあるけれど、何が起こるか分からない以上、守りを固めるそうだ。

「フェリクス様の結界は、私が張ります」

「ええ、お願いします」

イザベラの提案に頷く。私の力を信じていない以上、彼女もその方が安心できるだろう。

それに今の私よりも、イザベラの方が魔力量は多い。

少しでも魔力を温存しておくためにも、彼女にお願いする方がいい。

私は自分の周りにだけ、瘴気《しょうき》から身を守るための結界を張った。

赤の洞窟では魔力量が少なくてルフィノに頼ったけれど、ある程度回復した今なら、これくらいは問題ない。

魔力のコントロールには自信があるし、最小限に抑えられるだろう。

「……本当に、聖属性魔法が使えるんですね」

私が結界を纏う姿を見て、イザベラは驚いたように目を見開く。

やはりその反応が引っかかり、ずっと気になっていたことを尋ねてみる。

「イザベラ様は私が魔法を使えないという話を、どこかで聞いたのですか？」

「ファロン王国で見たんです。あなたが何もできずに泣いている姿を」

「えっ？」

予想していなかった言葉に、今度は私が驚く番だった。

（イザベラがファロン王国に来ていたの……？）

他国の聖女、それも王女の訪問となれば大々的に出迎えられるはずだけれど、私はそのことすら知りもしなかった。

けれどいつも周りからは避けられ蔑《さげす》まれ、神殿内——自室からも用がなければ出されることもなかった私が知らなかったとしても、おかしくはない。

けれど、あの頃の私の姿を実際に見ていたのなら、イザベラの態度も頷ける。

彼女からすればなんの力もない無能な私が、優しいフェリクスやルフィノに甘え、穀潰《ごく》しとして呑気《のんき》に暮らしているように見えるのだろう。

まだまだ聞きたいことはあったけれど、ルフィノ達の準備も終わったようだった。

とにかく今は、目の前の呪いを解くことだけを考えなければ。

(それに、自身のすべきことをこなしていれば、誤解も解けるはずだもの)

結界を解くルフィノに、そっと声をかける。

「上手くいきそう?」

「はい。お手本のような結界ですから、解析もしやすいです」

かなり強い結界といえども、正しい手順と魔法式によって張られたものだからこそ、魔法についての造詣が深いルフィノからすれば解析がしやすく、問題はないようだった。

「結界を破った後、即座に新しいものを展開します」

「分かりました」

「――いきます」

その瞬間パリンと軽い、砕けるような音がして、私達三人は一瞬で結界の内側へ入る。

直後、ルフィノがあっという間に新たな結界を張り直したのが分かった。

すぐに他の魔法使いたちが後に続き、魔力を注いでいく。

(流石《さすが》ルフィノだわ)

そうしてほとんど瘴気を外に出すことなく、完璧な新しい結界が村全体を覆った。これでしばらく呪いが外に漏れ出ることはないはず。

やはりルフィノは私が知る中で最も素晴らしい魔法使いだと、改めて実感する。

「行ってきます」

一度振り返って目線を送ると、ルフィノは笑顔を返してくれる。必ず成功させて戻ってくるという気持ちを込めて私も笑みを向け、歩き出した。


ベルタ村の中は、ひどく静かだった。

魔物の姿は今のところない上に、瘴気も赤の洞窟よりもずっと薄い。

結界の中という限られた空間の中で時間をかけて、煮詰めるように呪いが濃く強くなっていることを想像していたため、予想外だった。

フェリクスと私が並んで前を歩き、イザベラがすぐ後ろをついてくる。

「何よ、これ……こんなものがあっていいの……?」

けれど初めて帝国の「呪い」を間近で目にしたイザベラは、青ざめながら口元を手で覆っている。これでも普通の呪いとは比べ物にならないほど強いものなのだから、恐ろしい。

私も初めて目《ま》の当たりにした際、その禍々《まがまが》しさに呼吸をすることも躊躇《ためら》った記憶があった。

村の中には朽ちかけた家屋があるだけで、生物の気配は一切ない。

「……ここで、どれほどの命が失われたんでしょうね」

時折、衣服だったらしい布が落ちていて、ここで誰かが亡くなったことが窺《うかが》えた。命を落としても弔われることもなく、ただこの場所で朽ちていったのだろう。

濃い瘴気は人や動物を腐らせ、骨すら残さない。

ほんの少しの間だけ歩みを止めて跪《ひざまず》き、目を閉じて両手を組む。

そんな私を二人は止めることもなく、イザベラも静かに両手を組んだ。

(どうか安らかに眠れますように)

今の私にできるのは、そう祈ることだけ。結界を張り続けてくれているルフィノを思うと、今は時間がないため、村人達を弔《とむら》うのは全てが終わった後だ。

立ち上がった私は二人に「ありがとう」と言うと、再び歩みを進めた。

「とにかく呪いの元凶を探しましょう」

「ああ」

赤の洞窟の小箱のように、何か元になっているものがあるはず。

そうして村の中を進んでいくうちに、魔物が現れ始めた。

硬そうな鱗《うろこ》を全身に纏う巨大な蜥蜴《とかげ》に似た魔物が一体、ゆっくりとこちらへ近づいてくる。

「やっぱり魔物がいない、なんてことはないのね」

「そうみたいだね。少しだけ待っていて」

地面を蹴ったフェリクスは剣を抜き、一瞬の間に何度も斬りつける。きっと私の目で捉えきれている回数よりもずっと多く、剣を振るっているのだろう。

魔力を使わずとも彼の剣は魔物の身体を確実に裂き、紫色の血飛沫《ちしぶき》が舞った。

少し遅れて大きな身体が地面に倒れる鈍い音がして、同時にフェリクスは止《とど》めとして頭部を真上から剣で貫く。

魔物は動かなくなり、フェリクスは無表情のまま剣を引き抜いた。

フェリクスの圧倒的な強さに、感嘆の声が漏れる。

「行こうか」

なんてことのないような顔をして剣を鞘に納めたフェリクスは、小さく笑う。

彼以上に心強い仲間はいないと心の底から思いながら、また一歩村の奥へ進んでいく。

それからも赤の洞窟に比べると数は圧倒的に少ないながらも、魔物は現れた。

「このまま黙っていても具合が悪くなるだけですし、私も加勢しますね」

そんな中、フェリクスだけでなくイザベラも的確に魔物の弱点を狙い、浄化していく。

まるで軽い運動だと言わんばかりに、ロッドを掲げながら。

(すごいわ)

この反応と判断の速さは才能だけではなく、彼女のこれまでの努力と、数多《あまた》の魔物と戦ってきた経験によるものだろう。

イザベラのロッドにある魔宝石も、攻撃補助に特化したものが多いようだった。

「魔物は俺が倒すから、ティアナは何もしなくていいよ」

「ありがとう、フェリクス」

私も加勢しようとしたけれど、この後の浄化のために少しでも魔力や体力を温存するよう、フェリクスが気遣ってくれる。

彼はイザベラにも同じように声をかけていたけれど、魔力量が多い彼女は「問題ないです」と笑顔で一蹴していた。

「グルアアアア！」

「本当、うるさいわね」

イザベラは自身の二回り以上大きな魔物を結界で押さえ込み、動けないよう固定する。

次に結界内を浄化し、魔物は崩れ、溶けるように消えていった。

その様子を感心しながら見守っていると、イザベラは「はっ」と鼻で笑う。

「どうかしましたか？　何か気になることでも？」

「とても素晴らしいです！　でも、この場合はより良い方法があって――」

ちょうど同じような個体が近づいてきたため、私もまたロッドを向ける。

先程のイザベラのものよりも簡易的な結界を展開し、同時に結界内の一部を魔法式で範囲指定して浄化した。

こうすることで魔物の弱点だけを浄化し、短時間で倒すことができる。

（久しぶりだったけど、上手くできたわ）

やはり魔力量が増えたことで魔法を使うのも以前よりずっと楽で、速度も上がっていた。

「こうすると半分の魔力で済むし、広範囲にも展開する余裕ができるから、複数の魔物を相手にする時に便利で――」

「…………？」

そこまで言いかけたところで呆然とするイザベラに気付き、ハッと口を噤《つぐ》む。

ついイザベラの成長が嬉しくて、師匠面《づら》をして昔の感覚で教えるように語ってしまった。

（マウントを取る、嫌な女だと思われてしまったら嫌だわ……）

内心冷や汗をかきながら、イザベラの様子を窺う。

「……どうして」

イザベラはひどく驚いた表情で、私を見つめていた。

やはりファロン王国での私の印象が強く、困惑しているのかもしれない。

「その、偉そうなことを言ってしまってごめんなさい」

「……いいえ、ありがとうございます。勉強になりました」

予想に反して、イザベラはお礼の言葉を紡ぐ。

その姿からは彼女が魔法に対し、真摯《しんし》に向き合っていることが窺えた。

「ティアナは優秀な聖女だと言っただろう？」

「……知識はいくらあっても、困りませんから」

フェリクスからふいと顔を背けたイザベラは、それだけ言うとすたすたと歩いていく。

聖女の聖魔法属性というのは特別で、同じ聖女にしか分からない感覚がある。

今は聖女も少ないため、誰かに教えてもらう機会などないに等しいのだろう。

（仲良くなれたら、もっと色々教えたいことがあるのに）

子どもの頃と違い、今のイザベラの実力だからこそ教えられることだってたくさんある。

私は知識だけは豊富だし、彼女や彼女の後に生まれる聖女達のためにもなるはず。

そうして進んでいくうちに、先程よりも魔物が増えていることに気付く。

「一気に数が増えてきたな」

フェリクスはまるで肩についた埃《ほこり》を払うように、剣で辺りの魔物を軽く切り伏せる。

(なんだかんだ一番優秀なのはフェリクスなのよね)

まだまだ彼の本気を見ておらず、底が知れない。

「この先に呪いの元があるみたいですね」

「ええ。でもやっぱり、魔物がやけに少ないのが気がかりだわ」

なぜだろうと不思議に思っていると、やがて村の最奥にある池が見えてきた。池自体は大きくはなく、橋がかかっていて中心には小さな霊廟《れいびょう》のような建物がある。

あの中に呪いの元があると、直感的に分かった。

「向かいましょう」

「ああ」

フェリクスは頷くと、道を切り開くように魔物を倒していく。

池の上にかかっている橋はかなり劣化していて、歩くだけで崩れ落ちてしまいそうだった。

慎重に進んでいき、イザベラが霊廟の入り口に手を伸ばした途端、バチッという弾《はじ》くような音と共に、彼女の短い悲鳴が響いた。

「きゃあっ」

「大丈夫⁉」

どうやら赤の洞窟の扉同様、霊廟は結界に覆われているようだった。

イザベラの白い手は火傷のように爛《ただ》れ、彼女はすぐに治癒魔法を使うと「大丈夫です」と小さく息を吐いた。

「……これほど複雑で幾重にも重ねられている結界を破るとなると、かなりの時間を要するのではないでしょうか」

今の私達に時間の余裕などない。本来なら数日かけて破るようなものだと察したらしいイザベラの声には、諦めが含まれている。

普通は誰だってそう考えるだろうし、他に方法はないだろう。

それでも。

「……私なら、どうにかできるかもしれません」

「えっ？」

一歩前に出て、霊廟の入り口へと手を伸ばしてみる。

すると以前と同じようになんの障害もなく、触れることができてしまった。

（……やっぱりこの場所にも、私の魔力が使われているのね）

予想していたことではあったけれど、私の魔力がこの地の呪いにも使われ、多くの人々の命を奪ったのだと思うとひどく胸が痛んだ。

そんな気持ちが顔に出ていたのか、フェリクスが気遣うように私の背中に触れた。

その優しい温もりに、救われた気持ちになる。

「どうして……」

一方、イザベラは信じられないという表情で私を見つめていた。

「無事に解呪が終わった後、全てをお話しします。私の魔力で覆えばお二人も結界の中に入れるはずなので、手に触れても？」

「……ええ」

聡《さと》いイザベラは、私の身に何が起きているのか察したのかもしれない。

それでも何も尋ねることはなく、私に手を差し出してくれる。

私は彼女にお礼を言うと、右手でフェリクスの手に、左手でイザベラの手に触れ、二人を包み込むように魔力を流した。

そして二人の手を引いて前へと進み、入り口を通り抜ける。

「本当に通れるなんて……」

イザベラは戸惑った様子で、繋いだ手へと視線を向けていた。

その反応は当然だし、今のこの場で問い詰められないことに感謝せずにいられない。

「とにかく進もう。ルフィノ様以外の魔法使いがいつまで持つか分からない」

フェリクスの言う通り、村を覆う結界はルフィノの魔力だけによるものではない。

私は頷くと、霊廟の中へと足を踏み入れた。

霊廟の中もかなり劣化していて、一歩歩くごとにギシギシと床が軋《きし》む音がする。

(どうして魔物がいないの……?)

間違いなくここが呪いの中心地のはずなのに、魔物が一体もいないなんておかしい。

そもそも村の中に少なかったのも不可解で、違和感を覚える。

そして霊廟の奥にたどり着き、この奥に呪いの元があるだろうと、仕切られていた薄布を除《の》けようとした時だった。


「――誰か、いるのですか」


奥から人の声が聞こえて、思わず手を止める。

聞こえてきたのは、若い女性の声だった。

こんなところに人がいるはずなどない。十五年もの間、これほど濃い瘴気の中で人が生きていられるはずがないからだ。

私だけでなく、フェリクスとイザベラも戸惑いを隠せずにいるようだった。

「……私達はこの国の聖女で、この地の呪いを解くためにやってきました」

少しの後、緊張しながらもそう答えると、布の向こうで誰かが息を呑《の》んだのが分かる。

「ようやく……なのですね。こちらへ来ていただけませんか」

涙で震えるような声が聞こえてきて、フェリクスへ視線を向けると、彼は静かに頷く。

こうして言葉を交わしていても、魔物の可能性だってある。油断はできない。

やがてフェリクスが薄布を上げると、その向こうには小さな部屋があった。

（本当に、人間だわ……）

そしてその中心には、椅子に腰掛ける一人の若い女性の姿がある。

年は二十代前半だろうか、真っ白な服を身に纏った彼女の美しく長い黒髪は床まで流れ、まるで人形のように見えた。

「ずっと、ずっとお待ちしておりました」

柔らかく微笑む彼女の目尻には、涙が浮かんでいる。

その姿や様子を見ても魔物なんかではなく、ただの人間にしか見えない。けれど、彼女の身体からは魔物と同様の強い瘴気の気配がした。

それでも感じられる魔力は聖女のものに近く、澄んでいる。

――人ではないけれど、魔物でもない。

そんな表現が正しい気がした。

村を覆う結界は完璧なものだったし、人も魔物も何も出入りはできなかったはず。

そうなるとやはり、彼女はずっとこの場所にいたことになる。大聖女時代の私でも、この場所で生き永らえるのは数週間が限界だったはずなのに。

「先程、結界が解かれたのを感じたのですが、あなた方によるものだったのですね」

「あなたは……？」

「私はベルタ村の村長の娘で、アウロラと申します」

美しい声で、ゆっくりと丁寧に言葉を紡ぐ。

長い睫毛に覆われた目の瞬《また》きさえも、緩やかな動きだった。

「……リーヴィス帝国の皇帝、フェリクス・フォン・リーヴィスと申します。彼女は皇妃であり聖女のティアナ、こちらはデラルト王国の王女で聖女のイザベラ様です」

フェリクスの言葉に、アウロラと名乗った彼女は僅かに目を見開く。

「皇帝陛下と皇妃様、王女様だなんて……ご無礼をお許しください。身体を自由に動かせないものですから、この体勢のままでいることもご容赦いただければと思います」

確かに先程から彼女の首から下の身体は、指先ひとつ動いていない。

唇や瞼の動きが緩やかなのも、身体の状態に関係しているのかもしれない。

気にしないよう告げると、フェリクスは続けた。

「あなたは何故ここに？　人間がこの地で十五年も無事でいられるとは到底考えられません」

「私はまだ、人間に見えるのですね」

彼女は眉尻を下げ、微笑む。

そして話せば長くなること、誰かと話すのも久しぶりで上手く言葉を紡げないかもしれないことを前置きした上で、アウロラ様は語り始めた。

「……十五年前、いつものようにこの霊廟で祈りを捧げていたところ、見知らぬ女性がやってきました。そして彼女が小さな箱を取り出した瞬間、強い呪いが溢れ出したのです」

その女性というのが、シルヴィアだったのかもしれない。

小箱というのも、赤の洞窟にあった呪具と同じものだろうと予想がついた。

「私は聖魔法属性を持っていたので、すぐに結界で自身を守り、即座に命を落とすことはありませんでした。ですが強力な呪いを前に、長くは持たないとすぐに悟りました」

アウロラ様が聖魔法属性を発現したのは、十六歳の頃だったという。

生まれ育ったこの村を愛しており、村を離れて神殿にて聖女という立場になってしまえば、結婚を誓った恋人と結ばれることも難しくなる。

そう考えた彼女は、自身の力を隠すと決めたという。

「そんな自分勝手な理由で、私は貴重な力を隠していたのです。……本来、聖女として国のために尽くさなければならない身でありながら」

長い睫毛を伏せた彼女からは、深い後悔や罪悪感が感じられた。

——アウロラ様の言う通り聖属性魔法を持って生まれた場合、すぐに国へ報告し神殿にて仕える義務がある。

それほどに聖女の存在は貴重で、国にとって必要なものだった。

エルセとして十二歳の頃に聖女の力を発現した私も、両親と引き離されて神殿へ入った。

もちろんまだ幼く、大好きな両親と離れるのは寂しくて辛《つら》くて仕方なかった。

それでも仕方のないことだと教えられていたし、私はこの特別な力を多くの人を救うために使うべきだと思っていた、けれど。

誰もがそう思えるとは限らないし、彼女のように力を隠している聖女もいただろう。

たまたま聖女として生まれ落ちただけで、自身の生き方を決められ自由を奪われることに抵抗を感じるのは当然だし、彼女を責めようとは思わなかった。

「聖魔法を使いながらも強い呪いが少しずつ身体を蝕む中、外側からの結界によって私はこの霊廟に閉じ込められたことを知りました」

聖魔法属性を持っていても、力を隠していた彼女は正しい使い方を知らない。だからこそ、結界を解いて逃げることなど不可能だとすぐに悟ったという。

そして呪いが霊廟の外――ベルタ村を襲い、ほとんどの人が命を落としたであろうことも。

「そうして私はこのまま命を落とすのだと思っていたその時、霊廟の外から声がしたのです」

聞こえてきたのは、彼女の恋人の声だった。

彼は元々国に仕えていた魔法使いで、仕事を辞めて旅をしていたそうだ。

そんな中、呪いを受ける二年前にベルタ村を訪れてアウロラ様と恋に落ち、村に滞在し続けていたという。

「彼もまた優れた魔法使いであったこと、そして私が数年をかけて聖魔法を込めたブレスレットによって瘴気から半端に守られ、かろうじて命を落とさずにいたようでした」

すぐに命を落とした方が、ずっと楽だっただろう。

けれど彼を守ろうとして渡したお揃いの魔道具により、苦しい思いをさせてしまったとアウロラ様は声を震わせた。

「彼はとても心の綺麗な強い人でした。自身の症状からこの呪いは未知の疫病《えきびょう》として広がる可能性があること、そしてこの呪いを村の外に出ないようにしなければいけないと、私に告げたのです。自身の命が長くは持たないと知りながら」

そして、ルフィノが言っていたこの地で結界を張り続けた魔法使いというのが、彼女の恋人だったのだと悟った。

「……っ」

自身の命が尽きかけている中、無関係の他者のために動くことができる人間が、どれほどいるだろうか。

前世の私だって、大切に想うフェリクスだからこそ、最後に彼の呪いを受け入れたのだ。

同じ状況に立たされた時、同じことができる自信はなかった。

「彼も霊廟の中にいる私が無事ではないと、分かっていたのでしょう。こんな頼みをするのは酷だと分かっているけれど、結果を張るための魔力を分けてくれないかと尋ねられました。私はもちろん承諾し、彼に魔力を送ったんです」

霊廟を覆う結界に閉じ込められたままの彼女は、恋人の魔法によって揃いのブレスレットを媒介にして魔力を送ったという。

（……あのブレスレットがそうだったのね）

村へ入る直前、祠の像に掛けられたブレスレットがあったことを思い出す。

この村を覆う結界が十五年間も完璧な状態で維持されてきたのは、ずっとこの場所からアウロラ様が魔力を供給していたからなのだと、ようやく理解した。

「そんな彼に心を動かされた私は、魔力の供給以外にも呪いが広がるのを食い止める手助けをしたいと思いました。けれど愚かで無知な私は、呪いを抑えるような強い結界を張る方法など知りません。――そして苦慮《くりょ》の末、原因であろう小箱を自身に取り込むことにしたのです」

「――え」

「聖女の血は特別だということだけは、知っていましたから」

アウロラ様の言葉に、私だけでなくフェリクスやイザベラにも動揺が走ったのが分かった。

――聖女の血は特別であり、聖水など比べものにならないほど濃い聖力が込められている。

だからこそ赤の洞窟では魔力の足りない私も自身の血を使い、解呪をしたのだ。

「取り込むと同時に私自身は命を落としたとしても、血の力で少しの間は呪いを抑えられると考えたんです。けれど私の身体に流れる聖女の血は想像以上に特別な力を持っていたのか、呪いは私の血と身体に混ざり始め、命を落とすことはなかった」

「そんな……！」

イザベラの悲鳴に似た声が、霊廟内に響く。

(呪いが聖女の血と混ざって生き永らえる、なんてことがあり得るの？)

けれど前例がないだけで、現にアウロラ様は今も生きているのが何よりの証拠だった。

「無事に呪いはある程度抑えられたものの、それから長い間苦しみ続けました」

困ったように微笑む彼女を見つめながらも、かける言葉が見つからなかった。

私以外の二人も同じ気持ちだっただろう。

赤の洞窟での解呪の際、呪いが血と混じったことによる想像を絶する痛みと苦しみで、どうにかなりそうだった。一秒が永遠にも感じられるほどに。

それでも私は時間にして、数十分ほどだった。

けれどアウロラ様は比べ物にならないほど長い時間苦しんだことを考えると、言葉も出なかった。

もしも私が彼女の立場だったなら、正気でいられたとは思えない。

「そうして数年が経ったある日、身体が呪いで満ちて作り替えられたのか、痛みも苦しみもなくなりました。そして老いることもなく、今まで生き永らえているんです」

とはいえ、身体はほとんど自由に動かすことができず、こうして座っていることしかできないのだと彼女は悲しげに言った。

「何度も何度も何度も、自ら命を絶つことを考えました。けれどこの身体に流れる魔力がブレスレットを通し、減っていくのを感じていたんです。外の様子は分からなくとも、彼の張った結界はまだ残っているのだと。私が死ねば、また呪いは広がるかもしれない。そう考えて、呪いが解かれる日をずっと待っていました」

そして、アウロラ様はほんのわずかに口角を上げた。

「いつか誰かが来てくださると信じていたんです。それが、皆様だったのですね」

「……っ」

つまり彼女はこの十五年間、ずっと一人でこの地を守り続けてきたのだ。

そして村を覆う結界以外のことにも、納得がいった。

ベルタ村が赤の洞窟よりも魔物が少ないこと、この霊廟内に魔物がいないこと。それは聖女である彼女が小箱を取り込み、呪いを抑えてくれていたからなのだと。

(きっと、気が遠くなるほど長い時間だったはず)

家族も友人も恋人も失い、それでもなおたった一人でこの場所で動くこともできないまま、ただ彼女は呪いが解かれる日を待ち続けていたのだ。

これまでの孤独や苦しみ、悲しみは計り知れない。

『ずっと、ずっとお待ちしておりました』

そして私達がこの場所を訪れた時の彼女の安堵した表情を思い出し、両目からはぽろぽろと涙が溢《こぼ》れ落ちていく。

「……っく……う……」

私だけでなく、イザベラも嗚咽《おえつ》を漏らしながら泣いていて、フェリクスの表情も悲しみに染まっている。

一日でも早くこの場所に来なかったことを、フェリクスも悔やんでいる気がした。もちろんできる限りのことはしてきたし、この場所に生きている人間がいるとは誰も思わないだろう。

それでも、自分を責めずにはいられない。

「……どうして、そんなにも強くあれるのですか」

涙ながらに問いかけたイザベラに、アウロラ様は柔らかく栗色の瞳を細め、微笑んだ。

「いつか彼のもとへ行く時、胸を張って会いたいからです」

彼女は「くだらないでしょう？」と薄く笑ったものの、どんな理由よりも人間らしくて愛おしくてまっすぐな理由だと、止めどなく涙が溢れた。

アウロラ様は聖女であることを隠していた自身のことを責め、愚かだと口にしたけれど、彼女ほど立派な人はいないと心の底から思う。

私は涙を拭い彼女の側へ向かうと、目の前で床に膝を突いた。

白いワンピースの袖に隠れていて気付かなかったけれど、手は呪いの影響か黒ずんでいて、一切の体温が感じられない。

普通に言葉を交わしていると、アウロラ様は愛らしいただの女性に見える。けれど、やはり彼女の身体は変わり果ててしまっているのだと思い知らされた。

「長い間、リーヴィス帝国を守ってくださりありがとうございます。皇妃として、聖女として心から感謝いたします」

私に続いてフェリクスも側へやってくると丁寧に感謝の言葉を述べ、静かに頭を下げた。

「……勿体《もったい》ないお言葉、ありがとうございます」

アウロラ様の瞳からも、静かに涙がこぼれ落ちていく。

こんなありふれた言葉を伝えることしかできないことにも、無力感を覚えていた。

「何か望むものはあるだろうか」

「……私は何かを望めるような立場ではございませんが、どうか呪いが解けた後、この村の皆を弔っていただけないでしょうか」

「ああ、もちろんだ。約束しよう」

「ありがとうございます」

フェリクスの言葉に安堵した顔をする彼女は、どこまでも優しくて心の綺麗な女性だった。

最後まで自分以外の誰かを想える美しい心が眩しくて尊くて、また視界が滲《にじ》む。

「ティアナ」

「ええ」

私の名前を静かに呼んだフェリクスが、何を言わんとしているのかはすぐに分かった。

本当はもっと彼女と話していたいけれど、ルフィノ達のこともある以上、もう時間がない。

私は唇をきつく噛み締めて心の整理をした後、口を開いた。

「解呪をさせていただいても？」

「はい。お願いします」

アウロラ様は迷いなく、受け入れてくれる。

「でも、どうするつもりなんですか？　呪いの元はアウロラ様の中にあるんでしょう？」

「彼女ごと浄化するしかないわ」

私の言葉を聞いたイザベラの両目が、大きく見開かれる。

もう身体に完全に呪いが行き渡っている以上、アウロラ様がどうなるのか、イザベラも分かってしまったのだろう。

「でも、まだ生きているのに……！」

イザベラの気持ちは痛い程に分かる。

けれどこの状態は、とても生きているとは言えない。

本来なら彼女の命はとっくに尽きている。呪いの力で「生かされている」だけ。

老いることもないのが、何よりの証拠だろう。

どちらにせよ、呪いが消えた時点で彼女を生かしていた力はなくなるはず。

（……もう、救うことはできない）

私だってできることなら、彼女を救いたい。

こんな形で命を落とすことなんて望んでいない、けれど。

それでも、せめて少しでも楽に送り出すことしかもう、できそうになかった。

「……うっ……」

イザベラの両目からは、再び大粒の涙が溢れ落ちていく。

私も少しでも気を緩めればまた泣いてしまいそうだったけれど、もう泣かずにアウロラ様を見送るのだと心に決めて必死に堪える。

「お優しい聖女様、ありがとうございます。ですが私は彼のもとへ行けることが嬉しいのです」

アウロラ様はイザベラに優しく声をかけると、イザベラは涙ながらに何度も頷いた。

私はきつく両手を握りしめて笑顔を作り、アウロラ様を見上げた。

「それでは解呪を始めます」

「はい」

赤の洞窟と違い、誰かの力を借りずとも呪いを解くことができるはず。

私の魔力量があの時よりも増えているのと、アウロラ様の力で呪いが本来よりもずっと弱まっているからだ。

黒くなった手を取ると、呪いの影響で自身の手が触れた箇所の皮膚や肉が焼けるような感覚がした。同時に治癒魔法を使うことで痛みは感じながらも、私の手は治っていく。

──本来、解呪の際は媒介として聖水や聖遺物を使う。

けれど今は未だに聖女の魔力を持つアウロラ様自身が、何よりも強い媒介になってくれる。

「……ティアナ様の手は、とてもあたたかいです」

その言葉に、また視界が滲む。

すると、ふわりと温かい白い光が私の手を包んだ。

イザベラが治癒魔法をかけてくれているのだと気が付いて振り向けば、その目にはもう涙はなく、まっすぐにこちらを見ていた。

「ティアナ様はどうか、呪いを解くことに集中してください」

「……ありがとう」

再びアウロラ様に向き直り、手のひらから魔力を流し込む。

少しでも、痛みや苦しみを感じないよう祈りながら。


そうして解呪を続け、あと少しで終えるというところで、ずっと静かに目を閉じていたアウロラ様に名前を呼ばれた。

「ティアナ様は、来世というものを信じますか？」

予想していなかった問いに一瞬驚いてしまったものの、私はすぐに「はい、信じます」と笑顔を向けた。

私が迷いなく答えたことに、今度はアウロラ様が驚いたようだった。

帝国には「転生」に関する話はほとんどなく、完全に別の人間として生まれ変わると信じている人々が多いからに違いない。

「どうして、そんなにもまっすぐに信じられるのですか」

「私自身が前世の記憶を持ち、生まれ変われたからです」

アウロラ様は再び驚いた様子を見せた後「それは心強いです」と笑った。

なんの証拠もないけれど、彼女は私の言葉を信じてくれたのだろう。

「こんな私でも、もう一度、人として生まれ変われるでしょうか」

「はい、きっと。愛する人と共に」

「……ありがとうございます、聖女様。最後に会えたのが、あなたで良かった」

嬉しそうに微笑んだアウロラ様の身体が、眩《まばゆ》い光に包まれていく。

（どうか向こうで、愛する人ともう一度会えますように）

呪いの気配が消えていく中、彼女は最後に薄く微笑み、光の中へ溶けていった。

同時に、辺りを取り巻く濃い瘴気も薄れていく。

（……これで呪いも解けたはず）

光が収まった後、彼女が座っていた椅子の上には着ていた衣服とブレスレット、そして呪いを発しなくなった小箱だけが残った。

ブレスレットを手に取り、そっと両手で包み込む。

——十五年もの間、たった一人で全てを守り続けてきた彼女の寂しさも苦しみも、やはり私には想像もつかない。

アウロラ様は最後まで、他者を思いやる素晴らしい聖女だった。

誰にだってできることではないし、私ならきっと無理だっただろう。

間違いなく彼女だからこそ、できたことだ。

「……っ」

ぽたぽたと、再び涙が頬を伝ってこぼれ落ちていく。

もう泣かないと決めていたけれど、だめだった。

悲しくて苦しくて、自分の無力さが悔しくて、大声で泣き出したくなった。

そして罪のない多くの人々を苦しめた、シルヴィアへの憤怒《ふんぬ》が込み上げてくる。

（……絶対に許さない）

爪が食い込むくらい、きつく両手を握りしめる。

するとそっと、大きくて温かい手のひらに包まれた。

「ティアナ」

顔を上げると、私の前に跪くようにして膝を突いたフェリクスと視線が絡んだ。

美しい碧眼には、深い悲しみの色が浮かんでいる。

「辛い役回りをさせてすまない」

「ううん、私は大丈夫よ。ごめんなさい」

罪悪感を抱いているらしく、これが私のすべきことだと伝えると彼は長い睫毛を伏せた。

私達がここまで無事に来られたのも、フェリクスがいてくれたからこそだというのに。

「彼女のことは国をあげて手厚く弔うつもりだ」

「ありがとう。私にも手伝わせてね」

ゆっくりと立ち上がると、私は膝に付いた土埃を軽く払った。

「後は村に残っている瘴気を浄化すれば、もうルフィノ達が張ってくれている結界を解いても問題はないはずよ」

赤の洞窟とは違い、近隣には人が暮らす村があるため、私達の手である程度の浄化をする必要があるだろう。

（……それに魔力も、50％くらいまで回復してる）

やはり呪いを解いたことで、これまで同様に失われていた魔力が戻っている。

このまま残りの二箇所の呪いを解けば、大聖女だった頃と同等——もしくはそれ以上の魔力量を持つことになるだろう。

それでも今は、手放しに喜べそうにはなかった。

（でも、いつまでも悲しんでいても駄目ね）

私にはまだすべきことが、たくさん残っている。

まずは浄化をして、アウロラ様やこの村の人々を弔いたい。

「……よし」

両頬を軽く叩いて立ち上がり、黙ったままのイザベラへ視線を向けた私は、息を呑んだ。

イザベラの大きな瞳からは再び、静かに涙が流れていたからだ。

「イザベラ様？　どこか具合でも——」

慌てて駆け寄ると、イザベラは首を左右に振った。

「……ごめん、なさい……」

「あなたが謝ることなんて……」

それでもやはり、イザベラは涙を流しながら、否定する。

私はてっきりアウロラ様の浄化を私がしたことに対してだと思っていた、のに。

「ごめ、なさ……っエルセ、様……」

「——え」

不意にそう呼ばれ、心臓が大きく跳ねた。

私の側にいたフェリクスの両目も、見開かれたのが分かる。

(私がエルセだったと気付いたの……?)

先程、アウロラ様との話の中で私が転生した人間だと伝えたことを思い出す。

けれどそれだけでは、私がエルセ・リースだとは思い至らないはず。

気になることはたくさんあるものの、とにかく今は時間がない。

「とにかく、王城に戻ってから話しましょう? ね?」

「……はい」

背中を撫でると、イザベラは何度も頷いてくれる。

そして私達は村の瘴気の浄化を全て終えた後、ルフィノ達のもとへ向かったのだった。

第三章✴初めての感情

ベルタ村の解呪を無事に終えた私達は、無事に王城へ帰還した。私とフェリクス、ルフィノとイザベラに分かれて行動しており、私達は先に戻ってきている。

フェリクスは私を部屋まで送り届けてくれ、マリエルに早急に休む支度をするよう命じた。

「本当にありがとう。ティアナはゆっくり休んで」

「あなたは休まないの？」

「俺は今回、ほとんど何もしていないから問題ないよ」

多くの魔物を倒したにもかかわらず、何もしていないと言ってのけるフェリクスが心配になりながらも、ありがとうとお礼の言葉を紡いだ。

（こういう時、フェリクスは休むよう言っても聞かないもの）

それでも無理はせず、早めに切り上げるとは言ってくれた。

そしてベルタ村の人々のための慰霊碑や、アウロラ様の顕彰碑《けんしょうひ》も建てることを考えているらしい。

私もその際には必ず訪れると約束した。

どうか全ての人が安らかに眠れますようにと、心から願っている。

「残りの二箇所に関しては、また後日話し合いましょう」

「そうだね。ありがとう、ティアナ。とにかく一刻も早く休んで。また倒れては困るから」

「もう、最近はちゃんと体力もついたんだから」

そうは言ったものの、気を緩めれば倒れてしまいそうなくらい疲れ果てていた。

(今日は朝もかなり早かったし、体力の限界なのかもしれない)

実は私なりに軽く身体を鍛えているけれど、やはり長年栄養不足だった身体は、まだまだ万全ではないのだろう。

フェリクスを見送った後はマリエルに手伝ってもらい、なんとか汗を流して着替えをして、深い眠りについた。


翌日、私はイザベラと自室のソファにて向かい合っていた。

——あまりにも疲れていたのか、目が覚めたのは昼前で。

慌てて飛び起きた後、急いで身支度をして部屋へ運ばれてきた遅い朝食をとった。そうしてフェリクスに会いに行こうとしたところ、ドアの前に立つイザベラと鉢合わせしたのだ。

『おはようござ——じゃない、こんにちは、イザベラ様』

『……こんにちは。少しお時間をいただいても良いでしょうか?』

『もちろん、どうぞ』

イザベラを部屋の中へ通すと、メイド達にお茶の支度を頼み、マリエルには「朝食に間に合わなくてごめんなさい。ゆっくり休めたわ」というフェリクスへの伝言をお願いした。

お茶の準備を終えた後は二人きりにしてほしいと、下がってもらった。

「………」

「………」

室内には、これまでと違った気まずさのようなものがある。

昨日まで高圧的な態度だったイザベラが私を気遣うような、それでいて罪悪感を抱いているという顔をしているから、こちらもどう対応するのが正解なのかと悩んでしまう。

「昨日は本当にお疲れ様でした。王城へ戻ってから話そうと言ったのに、こんな時間まで眠ってしまってごめんなさい」

「いえ、私は何もできませんでしたから」

「そんなことはありません。魔物を倒してくださった上に、最後の浄化もほとんどイザベラ様がしてくださったでしょう？　治癒魔法も含めて、本当にありがとうございました」

「………」

私は終盤ほぼ力尽きかけていて、イザベラがいなければ無事に終えられなかっただろう。

イザベラはしばらく無言のまま膝の上で両手を握りしめていたけれど、やがて顔を上げ、アメジストの両目で私を見つめた。

「――あなたはエルセ・リース様、なんですか？」

イザベラの声が、静かな室内に響く。

そう思うに至る明確な理由があったはずだし、元々彼女に対しては隠し続けるつもりもなかったため、私はゆっくりと頷いた。

「ええ。私は前世エルセ・リースだった。半年前に記憶を取り戻したばかりなんだけどね」

「……っ」

両目を見開いたイザベラが、息を呑んだのが分かった。

やがてイザベラの両目からは、ぽたぽたと涙がこぼれ落ちていく。

「ど、して……言ってくれなかったんですか……」

「エルセはもう、死んだ過去の人間だもの。それにエルセのことも嫌いだと言っていたから、言い出せなくなっちゃって」

困ったように微笑みながらそう告げると、イザベラはハッとした表情を浮かべた後、ぶんぶんと首を大きく左右に振った。

「違うんです、私がエルセ様のこと、っ嫌いなんてありえないです！」

「えっ？」

「立派な聖女になったら……エルセ様、魔宝石をくださるって、約束してくれて……」

涙ながらに話す彼女の言葉を聞きながら、十七年前そんな約束をしたことを思い出す。

――イザベラの故郷であるデラルト王国では、師である聖女が弟子の聖女を一人前だと認めた際に、ロッドに付ける魔宝石を贈るという風習があるという。

『わたしが大人になって立派な聖女になったら、エルセ様に魔宝石をいただきたいです！』

『ええ、分かったわ。とびきりのものを用意するわね』

やはり私は、過去の記憶全てを思い出せているわけではなく、イザベラとの約束も今まで忘れてしまっていたことを悔いた。

「それを目標に……頑張って、きたのに……死んじゃうなんて、信じたくなくて、全てが許せなくて……エルセ様が悪くないことも、フェリクス様を守って……命を落としたことだって、分かっているのに……っ」

当時まだ七歳だったイザベラからすれば、身近な人の死というのは初めてで、受け入れるのも相当辛かったはず。

悲しみや辛さを怒りや恨みに変えることで、少しでも心を守ろうとしたのかもしれない。

「あなたが空っぽ聖女って言われていたのも、知っていたし……その姿も見ていたから、エルセ様の後の、帝国の、聖女がそんなの……許せなくて……フェリクス様が、エルセ様以外を大切にしてるのも、すごく嫌で……」

「……うん」

「だってフェリクス様は、ずっとエルセ様を好きでいるって、言ったから……！」

だから裏切られたような気持ちになって私と引き離そうとしていたと、イザベラは言った。

全てエルセを思うが故《ゆえ》のことで、胸が張り裂けそうになる。

「子どもじみた、ことをして……傷つけて、ごめんなさいっ……」

やがてうわあんと子どものように声を上げ、イザベラは涙を流した。

——過去の自分の死が、幼い彼女にどれほどの傷を負わせてしまったのだろう。

私は立ち上がってイザベラの隣へ移動すると、そっと彼女の背中に腕を回し、抱きしめた。

「大丈夫、私は傷ついてなんかいないわ。イザベラが良い子のままなのは分かっていたし、記憶を取り戻すまでの私に魔力がほとんどなかったのも事実だもの」

「……っう……」

「それと、約束を果たせなくてごめんなさい。私があんな形で死んでしまって、あなたこそたくさん傷ついたでしょう」

イザベラは首を小さく左右に振ると、躊躇《ためら》いがちに私の服を掴んだ。

「……ごめ、っなさ……」

「ううん、私こそごめんね。ずっと忘れずにいてくれてありがとう」

それからもイザベラは私の腕の中で、しばらく泣き続けていた。


一時間ほどしてイザベラが落ち着いた頃、私はぬるくなってしまったお茶を淹れ直した。

泣き腫らした目をしたイザベラは、静かにティーカップに口をつける。

「……美味《おい》しい。エルセ様の淹れたお茶の味です」

「ふふ、良かった」

そうしてゆっくりとお茶を飲みながら、私は自身のこれまでのことを話した。

イザベラはフェリクス同様、私以上にシルヴィアに対して怒ってくれて、王女様とは思えない言葉で罵《ののし》っていて思わず笑ってしまった。

その後は、イザベラがなぜ私がエルセだと分かったのかを話してくれた。

「そもそも他者を寄せ付けなかったフェリクス様が、愛情だだ漏れでティアナ様に夢中なのはおかしいと思っていたんです。だから私も余計に裏切られた気持ちになったんですけど」

「だ、だだ漏れ……夢中……」

「はい。あんな態度、エルセ様以外にはありえないと思っていました」

それ以外に思い当たった理由としては、どこか他人とは一線を引いているルフィノともかなり親しげであったこと、聖魔法についての知識などもあったという。

「何より、あの霊廟での言動がエルセ様と重なったんです。ああ、きっとエルセ様ならこうするだろうなって」

大きな決め手はなくとも、積み重なった違和感から自然と導き出したそうだ。

「そうだったのね。隠していて本当にごめんなさい」

「いえ、全部私が悪いんです。エルセ様のことになると、気持ちが上手く整理できなくて」

ぎゅっと抱きついてきたイザベラをよしよしと撫でながら「本当に大きくなったわ」「立派な聖女になったのね」と最初に言えなかったことを伝えていく。

するとイザベラはまた泣き出しそうになってしまって、慌てて口を噤んだ。

「ぐすっ……これからは誠心誠意、ティアナ様にお仕えします……」

「ありがとう。イザベラがいてくれて、本当に心強いわ」

残りの「呪い」の解呪もフェリクスやルフィノ、そしてイザベラの協力があれば大丈夫だという前向きな気持ちになれた。

「そういえば、イザベラはファロン王国で私を見たのよね？」

「はい、ファロン神殿で。一年ほど前、王国へ行った際にティアナ様をお見かけしました」

その際にすれ違った私は自身の無力さに打ちひしがれて、泣いていたという。

（は、恥ずかしい……）

何よりそんな姿を見てしまっては、私に対してあんな態度を取るのも当然だった。

「でも、絶対にシルヴィアは許せません。死すらも生ぬるいです」

イザベラはきつく唇を噛み、怒りを露わにする。

けれどすぐに「あ、でも」と呟き、形の良い眉を寄せた。

「帝国に来る直前、ファロン王国の大聖女が臥《ふ》せっていると聞きました」

「えっ？　シルヴィアが？」

「はい。隠してはいるようですが、間違いのない情報です」

初めて聞く事実に、驚きを隠せない。

デラルト王国には優秀な諜報員がおり、各国の情報が入ってくるという。

私がファロン神殿にいた頃はシルヴィアの健康に問題があったようには見えなかったし、一体どうして……と考えたところで、ふと思い当たってしまう。

「まさか、呪い返し……？」

何かに呪いをかける行為には、かなりのリスクがある。

「人を呪わば穴二つ」という言葉もあるように、もしも相手が呪いを解いた場合、その呪いが術者に跳ね返ってしまうからだ。

（帝国にかけられた呪いほど強いものなら、想像もつかないくらいの苦しみのはず）

やはりシルヴィアが呪いをかけた術者で間違いないと、予想が確信に変わる。

残りの二箇所の呪いも解けば、シルヴィアの身体は確実に無事ではいられない。

同時に私の魔力が全て戻っていれば、シルヴィアを倒すことができるだろう。

「そもそも、シルヴィアの目的ってなんなんでしょう？」

「……私達もずっと考えているんだけど、分からないのよね」

母国を呪い、ファロン王国へ行った理由など想像もつかない。

エルセの死の直前までシルヴィアはいつもと変わらない様子だったし、死後の様子にも変わりはなかったとルフィノ達から聞いている。

フェリクスは「エルセを思い出して辛くなってしまうから、血縁者のいる王国へ行く」とも聞いたらしいけれど、間違いなく嘘だろう。

結局いくら考えてもやっぱり、答えは出そうになかった。

その後はイザベラと他愛《たわい》のない話をして、最後は笑顔になってくれて安心した。

そしてフェリクスに会いに行くついでに、部屋へ戻るという彼女を見送ることにした。

廊下を出て歩き出したイザベラは足を止め、戻ってくると私のドレスの裾を掴んだ。

「ティアナ様」

「なあに？」

「私のこと、嫌いになっていないですか……？」

うるっとした瞳で上目遣いをされ、胸が高鳴ってしまう。もしも私が異性だったなら、嫌いになるどころか恋に落ちていた気さえする。それほど今のイザベラは美しい。

「ええ、むしろ好きになったわ」

「ティアナ様……！」

ぎゅっとイザベラに抱きつかれ、よしよしと撫でていた時だった。

「ティアナ？」

廊下の向こうからフェリクスがやってきて、私とイザベラを見て目を瞬いている。あんな関係だったというのに、急にこんな風に抱き合っているのを見れば、戸惑うのも当然だ。

「……無事に話ができたんだね」

けれどほっとした様子で、私達のことを心配してくれていたのが窺えた。

イザベラは私から離れると、フェリクスに対して頭を下げた。

「フェリクス様もごめんなさい、私のせいで気を遣わせてしまっていたでしょう」

「ティアナが許したのなら、俺は別に構わない。腹立たしくて仕方なかったけどね」

はっきりそう言ってのけたフェリクスに視線を向けられ、もう大丈夫だと笑顔で頷く。

イザベラはそんな私たちを見比べると、ふふっと楽しげに笑った。

「もうお二人の邪魔はしませんし、フェリクス様に対してももちろん何も思っていないので、どうか安心してくださいね」

「安心って、どういう意味？」

「私がフェリクス様に近寄るたび、不安でいっぱいの顔をしていたじゃないですか」

「えっ」

「やきもちを妬《や》かせてしまって本当にごめんなさい」

そんな顔をしていた自覚はないけれど、イザベラが冗談を言っている様子はない。

それでも、何度も二人の姿を見るたびに胸の奥にもやもやとした気持ちが広がっていたのも事実で。あれがイザベラの言う「不安」「やきもち」だったのだと、今更になって気付く。

（他の女性と一緒にいるところを見て、そんな感情を抱く理由なんて……）

じわじわと顔が熱くなっていくのを感じていると、視界の端でフェリクスが口元を覆ったのが見えた。彼もまた戸惑っているのが分かって、余計に恥ずかしくなってくる。

「では失礼します、夕食も一緒に食べましょうね」

「ま、待っ……」

思わず手を伸ばしたもののするりと避《よ》けられ、爆弾を落としたイザベラは私達を置いて笑顔で去っていってしまう。

彼女には契約結婚であることを話していないし、私達が想い合った上で結婚した夫婦だと思っているのかもしれない。

「…………」

「…………」

この場に残された私とフェリクスの間には、気まずい空気が流れていく。

「ティアナ」

「は、はい」

「少し二人きりで話をしても？」

有無を言わせないフェリクスの問いに、私はこくこくと頷くことしかできなかった。


何度も来ているフェリクスの部屋なのに、隣に座っているだけで緊張してしまう。

私の隣に座る彼の方を見られず、膝の上で組んだ自身の指先を見つめる。

(どうしよう、今のは絶対にバレてしまった気がする……そもそもバレるって何？　私ってフェリクスのことを……)

自分で自分の気持ちが分からず、頭の中でぐるぐると必死に考える。

けれどイザベラに対して「嫉妬」をしていたのだと、今更になって自覚していた。

「ティアナ」

「は、はい！」

「この間、イザベラと話をした後に俺を少し避けるような態度をとっていたのも、嫉妬してくれていたから？」

フェリクスが言っているのは、イザベラから「結婚する約束をしている」という話を聞いた後のことに違いない。

イザベラがフェリクスと一緒にいて仲良くしているのを見るたび、胸の奥がもやもやしていたのも全て嫉妬だったのだろう。

「……そ、そうだと思います」

フェリクスが他の女性に笑いかけ、触れられているのを想像するだけで、どうしようもなく胸が締め付けられる。

「エスコートだって分かっていても、私以外の人に触れられているのは嫌だったの。それに二人が結婚して帝国を守るって約束をしていたというのも聞いて……」

本当は恥ずかしくて仕方なかったけれど、フェリクスはいつだって私に誠実に向き合い、素直な気持ちを伝えてくれていた。

だからこそ私も、自分の中にある気持ちをそのまま口に出してみる。そうすることでふわふわとしていた感情が、形作られていくのが分かった。

フェリクス以外に対して、こんな風に思ったりはしない。そして嫉妬というものが、どんな時にどんな相手にするものなのかというくらい、私でも知っていた。

けれど前世と今世を合わせても初めてだったから、自覚するのがこんなにも遅くなってしまった。

——私はきっと、フェリクスを好きになり始めている。

もうフェリクスは立派で完璧な大人の男性で。常に私だけを見て好意をまっすぐに伝えてくれて、エルセのことだってずっとずっと大切に想ってくれていた。

そんな彼に惹かれてしまうのは、ごく自然なことだと思えてしまう。

そして今の私の言葉で、フェリクスにもそれが伝わったらしい。

「本当に？」

「ええ、こんな嘘なんてつかないもの」

「……そう、だね。そんなこと、分かっているはずなのに」

フェリクスは口元を手で覆うと私から目線を逸らし、膝に両肘を突いた。

両の手のひらに覆われていない頬や耳は赤くて、照れているのだと気付く。その様子を見ていると、私まで余計に恥ずかしくなってくる。

「子どもの頃、エルセが愛した帝国を守っていくために、エルセを慕う俺達が結婚するのが互いに面倒なことを避けられて良いかもしれない、と話しただけだよ」

「そ、そうだったのね……」

どこまでも二人の中心は私で、不安になっていたのが恥ずかしくなってくる。

やがてフェリクスは小さく息を吐くと、顔を上げて上目遣いで私を見た。

「期待していい？」

どきどきと心臓が早鐘を打ち、顔が熱くなる。

こくりと頷くと、フェリクスのアイスブルーの瞳が揺れた。

ソファの上に置いていた手に、フェリクスの大きな手がそっと重なる。優しく手を握られ、さらに胸が高鳴った。

「……嬉しい。ありがとう」

子どもみたいに笑うフェリクスが、心から愛おしいと思う。

触れた手のひらから伝わる熱が、全身に広がっていく。

(きっともう「なり始めている」くらいじゃないのかもしれない)

たった今自覚したばかりで、私自身も戸惑いを隠せずにいる。

だからフェリクスにちゃんと「好き」と言葉にして伝えるのは、気持ちの整理がついた後、もう少しだけ先にしようと思う。

まだ解くべき「呪い」だって、残っているのだから。

「ティアナ」

甘さを含んだ声で、愛おしげに名前を呼ばれる。

フェリクスの瞳はひどく熱を帯びていて、まなざしからも愛情が伝わってくる。

「俺、もっと好きになってもらえるように頑張るから」

「……っ」

「好きだよ、本当に」

フェリクスの言葉に胸がいっぱいになって、悲しくもないのに目の奥が熱くなる。
私にはまだまだ、恋愛について分からないことは多い。
けれど、今この胸の中に広がっていく感情は絶対に「恋」だという確信があった。

第四章 ✴ ティアナとエルセ

ベルタ村の解呪から、一ヶ月が経った。

ついに三箇所目の「呪い」が解かれたことで、これまでのことも偶然ではない、残りの二箇所もいずれ解かれるだろうと、帝国の民達は大いに沸き立っているそうだ。

王城に勤める人々の表情も以前よりずっと明るく、顔を合わせるたびに誰もがお礼を言ってくれるものだから、つられて笑顔になってしまう。

帝国の外にも呪いが次々に解かれている話は伝わっており、これまで相手側からの申し出で交易を止めていた諸外国からも、再開したいという声がかかるようになったそうだ。

帝国は魔宝石だけでなく魔道具に使われる魔鉱石など、多くの鉱山資源に恵まれている。「呪い」に怯えていたものの、他国からすれば本来は取引したい相手に違いない。

（調子が良いと言えばそうでしょうけれど、仕方のないことだもの）

フェリクスも帝国の復興や発展のため、それらを受け入れる方向で動いているそうだ。

ベルタ村の人々の弔いはすでに終わっており、私たち四人も再度足を運んだ。今では完全に浄化された村へ、民達が展墓《てんぼ》に訪れていると聞いている。

アウロラ様と恋人の男性も一緒に弔われ、帝国を守った偉大な魔法使いと聖女として、民達に広く知られることとなった。

今はどうか二人が再会できていますようにと、願う日々を送っている。

そしてもうひとつ、変化があった。

「ティアナ、おいで」

椅子に座るフェリクスは自身のすぐ隣をとん、と叩き笑顔を向けてくる。

私はおずおずと近寄り、彼の触れた場所から少し遠いところに腰を下ろすと、すぐさま腰を抱き寄せられてしまった。

「ち、近すぎると思うんだけど……」

「少しでも側にいたいんだ」

さらに顔を近付けてきて、鼻先が触れ合いそうな距離になる。

アイスブルーの瞳に映る私は、自分じゃないような「女の子」の顔をしていて、恥ずかしくなって慌てて顔を逸らした。

「自分の顔が良いと分かっていてやっているでしょう」

「ティアナがいつも俺の顔、見ていることに気付いているからね」

さらりと笑顔でそう言ってのけるフェリクスは、楽しげな声を出す。

確かに彼の言う通り、その圧倒的な美貌に見慣れることなんてなく、ふとした瞬間につい見惚れてしまうことは多々あった。

「俺は使えるものは全部使う質《たち》なんだ」

「うっ……」

耳元で囁かれ、自分の声も良いと分かっていてやっているのかと内心頭を抱えた。

(私が好意を抱いていると知ってから、フェリクスのアプローチが露骨すぎる)

そのせいであれから、落ち着かない日々を過ごしている。

「どう？　効果はありそう？」

「……ひたすら悔しいわ」

「ははっ、そんな感想がくるとは思わなかったな」

私ばかり振り回されて、いつだってフェリクスは余裕いっぱいで悔しくなる。

「これからも俺を意識して、もっと好きになって」

顔を逸らしたままの私の身体にフェリクスは腕を回し、抱きしめられる形になってしまう。

フェリクスにこんなことをされて意識しない人なんて存在するのかと思いながら、私は火照《ほて》り続ける頬を両手で押さえたのだった。


そんなある日の昼下がり、自室で書類仕事をしていた私はペンを置き、立ち上がった。

「ティアナ様、これから魔法塔へ行かれるのですか？」

「ええ、ルフィノと少し話があるから」

一人で行ってくるとマリエルに声をかけ、私は自室を出て魔法塔へと向かった。

実はルフィノから「以前話をした、魔力を吸い取る魔物について分かったことがある」と連絡を受けていて、詳しく話を聞くつもりでいる。

魔法塔に到着すると、すぐにルフィノの執務室へ案内された。

「お待ちしていました。そちらへどうぞ」

「ありがとう」

ルフィノと向かい合って座るとすぐに、数枚の古びた紙を手渡される。さっと目を通すと、とある魔物についてまとめられた文献のようだった。

「以前お話しした通り、帝国内に保管されていた例の魔物についての文献は全て燃やされていたんです。そこで隣国の魔物に関する研究所に連絡をとったところ、過去に帝国からその情報が共有されていたとのことで、急ぎ資料を送っていただきました」

「すごいわ、ありがとう」

「いえ」

感嘆する私に対し、ルフィノは大したことではないというように微笑む。

「とはいえ、情報はそう多くありません。唯一分かったのはその魔力を吸い取る魔物が、帝国の初代皇帝と皇妃によって封印されていたこと」

ルフィノは一息おき「そして」と続けた。

「現在はその魔物の封印が解かれている、ということです」

「……えっ？」

どくん、と心臓が嫌な大きさな音を立て始める。

思わず紙の束を握りしめてしまいながら、私はルフィノの次の言葉を待った。

「帝国には数多くの魔物が封印されている地がありますが、呪いを受けた後はその管理や確認も行き渡っておらず、調べるまで誰も気付いていませんでした」

魔物の種類によっては、倒すよりも封印する方が良い時がある。攻撃が効きにくい魔物などがまさにその例で、封印する方が速くて安全だった。

――初代皇帝は軍神と呼ばれており、圧倒的な力によって帝国を統一したと言われている。

そして皇妃は聖女の力を持ち、二人の活躍については今も多くの逸話が残っていた。

ルフィノが文献を入手してすぐに封印されているという場所へ行ったところ、完全に封印は解かれており、魔物の姿はなかったそうだ。

「魔力の残滓《ざんし》を確認したところ、ここ数年のうちに解かれたものではなさそうです」

「……やっぱり、その魔物が私の魔力を奪ったことに関係がありそうね」

文献が燃やされていたこと、封印が解かれていたこと。これだけではまだ根拠としては弱いけれど、この魔物が私の魔力が奪われたことに関わっている気がしてならない。

(本当に嫌なくらい、私の勘は当たるのよね)

それから資料に目を通したところ、やはり魔力を奪うという能力があることから、近付くのは危険なため、当時の皇妃が洞窟に閉じ込めた上で封印したのだと書かれていた。

とにかく「魔力を吸い取る魔物が存在する」「今もどこかにいる可能性が高い」ということを知ることができて良かった。

「忙しい中、本当にありがとう」

「少しでもお力になれたのなら良かったです」

ルフィノは常に多忙だし長居しては迷惑だろうと思い、王城へ戻ることにした。

そうして立ち上がった途端、強い立ちくらみがしてふらついてしまう。

「……っ」

「ティアナ様！」

すぐに倒れかけた私を、ルフィノが抱き留めるように支えてくれる。

「……ごめんなさい」

「僕は大丈夫ですから、無理なさらないでください」

きっと昨晩、徹夜をしてポーションを作っていたせいだろう。

騎士団が今日から魔物討伐の遠征へ行くのに、ポーションが少なくて困っていると聞き、無理をしてしまった。もちろんフェリクスには内緒で。

（体調管理すらできないなんて、情けないわ）

申し訳なく思いながらも、目眩《めまい》が治まるのを待つ。

やがてゆっくりと顔を上げると、ルフィノの整いすぎた顔がすぐ目の前にあった。

「――――」

今世ではこんなにも近くで彼の顔を見たのは初めてで、銀色の睫毛の先まで輝いて見える。

フェリクスもとても綺麗な顔をしているけれど、ルフィノはやはり人間離れした美しさで、魅了の魔法にでもかかったかのように目を奪われてしまう。

それでもハッと我に返った私は、傍《はた》から見るとこの状況はまずいと気が付き、そっとルフィノの胸元を両手で押す。

「ごめんなさい、支えてくれてありがとう。そういえば昔も働きすぎてこんな風にふらついてしまって、あなたに抱き留めてもらったわよね」

その時にイザベラに見られて妙な誤解をされてしまって大変だった、なんて懐かしい記憶を口にしようとしたのに。

「………………」

「……ルフィノ？」

なぜかルフィノは、動こうとしない。

困惑しながらもう一度名前を呼んだ瞬間、私はルフィノに抱き寄せられていた。

先程まで支えてくれていたのとは全く違う、明確な抱擁に困惑してしまう。

（どうしたのかしら）

こうして彼に抱きしめられるのは、二回目で。一度目は、私がエルセの生まれ変わりだと彼が知った時だった。

ルフィノがなんの意味もなく、こんなことをしないというのは分かっている。

それでも今の私は皇妃という立場であり、フェリクスを裏切るのは嫌で、そっとルフィノから離れようとした時だった。

「——エルセ」

縋《すが》るような声に、胸が締め付けられる。

ルフィノの声音や抱きしめられる腕から、彼が今も「エルセ」を想ってくれていることに気付かされていた。

同時にふと、過去のやりとりが脳裏に甦《よみがえ》る。

『僕ですか？　僕が好きなのはエルセですよ』

『私もルフィノが好きだけど、そうじゃなくて――』

『いえ、合っています。僕は女性として、あなたのことが好きですから』

思い出せずにいた、その続きも。

『……あ、ありがとう。あなたみたいな素敵な人にそう言ってもらえて嬉しいわ。でも、私はまだそういうの、よく分からなくて……まだっていうほど若くないんだけど……』

告白なんて初めてされたこと、その気持ちに全く気付いていなかったこと、そして友人であるシルヴィアが彼を好いていることなどから戸惑う私に、ルフィノは柔らかく微笑む。

『エルセが僕を異性として見ていないことは分かっています。ですから、振り向いてもらえるまでいつまでも待ちます』

そしてルフィノは私の頬にそっと触れ、蜂蜜色の瞳を柔らかく細めて言った。

『きっと僕の人生で、誰かを好きになるのはこれが最初で最後ですから』

——どうして、ずっと忘れてしまっていたんだろう。

過去の彼の告白を全て思い出した瞬間、私の両目からは涙が溢れ落ちていた。

「……っごめん、なさい……」

「どうしてあなたが謝るんですか」

あの日、ルフィノの言葉に照れてしまった私は上手く言葉を返せなくて、彼はそんな私の髪に愛おしげに触れていた。

ルフィノの全てから愛情を感じて、それまで自分が彼から向けられる好意に気が付いていなかったことを、不思議に思ったくらいに。

——それなのに、私はその翌日に命を落としてしまった。

『ずっと、後悔していたんです。あの日、僕も一緒に森へ行くはずだったから』

『あなたの最期の姿を見た時には、立ち直れなくなりそうでした』

ルフィノは想いを伝えた翌日に愛する相手を亡くし、ずっと自分を責めていたのだ。

私は彼がどれほど誠実で愛情深い人なのかも、知っていた。

いつまでも待つというあの日の言葉通り、ルフィノは十七年経った今もきっと、エルセを想ってくれているのだろう。

あんな形で私が死んだことで気持ちの整理もつかないまま、十七年という長い時間、死んだ相手を想い続けるのは苦しくて辛いはず。

目の前に生まれ変わりである私がいては、より複雑な気持ちに違いない。

小さく震える彼の手からも、その葛藤は伝わってきていた。

（……私が今、ルフィノにできること）

きつく唇を噛んで、溢れてくる涙を堪える。

そして息を吸った後、私はルフィノの背中にそっと手を回した。

「――私ね、ずっとあなたの存在に救われていたの」

ルフィノの身体が、小さく跳ねる。

これは「エルセ」の言葉だと、きっと彼も分かったのだろう。

「十八歳で大聖女という立場になってから、王族や貴族、私を利用しようとする人々の欲や悪意をたくさん向けられて、苦しかったこともたくさんあった」

望まない仕事もさせられ、私はこんなことのために聖女になったわけではないと、表では気丈に振る舞いながらも、辛くて涙を流した日もあった。

信じていた相手に裏切られることだって、何度もあった。

「そんな中、ルフィノだけは信じられて、私の支えだったわ」

周りの誰を信じていいのか分からない中で、彼だけは絶対に私を裏切らない、味方だと信じられた。その存在に、どれほど救われたか分からない。

不安定だった立場の私を、ルフィノが陰からも守ってくれていたことだって知っていた。

「あなたがいてくれて、本当に、良かった」

「……っ」

声が、震える。改めて言葉にすることで、ルフィノへの想いが溢れてくる。

恋情を抱くことはなかったけれど、エルセ・リースにとってルフィノは大切で大好きで、最も信頼できる相手だった。

「ありがとう、ルフィノ。気持ちに応えられなくてごめんなさい」

涙ながらにそう告げると、ルフィノは私の肩に顔を埋めた。

「……こちらこそ、ありがとう。僕もエルセに出会えて良かった」

泣いている彼の背中を優しく撫でれば、抱きしめられる腕に力が込められた。

(どうか優しくて大好きな彼が、幸せになりますように)

それからしばらく、私はルフィノを抱きしめ続けていた。

やがて顔を上げたルフィノは、どこかすっきりしたような顔をしていた。

「ありがとうございます、ティアナ」

今度は「ティアナ」と呼ばれ、彼の中でもう区切りがついたことが窺える。

「こちらこそ」

「……あなたのお蔭で、前に進める気がします」

微笑むルフィノは私から離れると、床に落ちてしまっていた本を拾い上げた。

とにかく例の魔物についての調査を進めるという彼にお礼を告げると、ノック音が響く。

「こんにちは！　お疲れ様です」

ドアの隙間から顔を出したのはイザベラで、この後ルフィノと次の呪われた地へ向かう件について話をする予定だったという。

次の場所である「地下遺跡」には、二人がまず行ってくれることになっている。

何度かこれまでルフィノは調査に行っており、魔物の数は多いものの、聖女の力で浄化さえできれば問題ないと考えているそうだ。

私も行くと伝えたものの、たまにはイザベラ達に任せて休むよう強く言われてしまった。

呪いの元を覆う結界についても、魔力を溜める魔道具に私の魔力を込めておけば、突破できるだろうとのことだった。

「三人でなんのお話をしていたんですか？」

「もう、怖いことを言わないで。二人しかいないじゃない」

「あれ？　フェリクス様と今すれ違ったのに、お会いしなかったんですか？」

「え」

何気ないイザベラの問いかけに、心臓が跳ねる。

ルフィノの執務室に続く廊下は一本道で、この部屋へ来る以外の用事などありえない。つまりフェリクスはこの部屋の前まで来て、何も言わずに引き返していったのだろう。

ドア越しに私とルフィノのやりとりを聞いていたのなら、その行動にも納得がいく。

（……本当、タイミングが悪すぎるわ）

前にルフィノに抱きしめられた時も、フェリクスに見られてしまったことを思い出す。

今のことを隠しておくのは嫌で、きちんとフェリクスに私の口から説明するつもりだった。

『――エルセ』

ルフィノが想ってくれているのは「エルセ・リース」であって、私ではない。

その上で、彼の真摯な告白に対しての返事を十七年越しにした中で、大切な友人として抱きしめたと伝えようと思っていた。

(涙するルフィノを無理に引き離すことなんて、できるはずがなかったもの)

今回はドア越しで姿を見られてはいない。

けれどあの会話だけでも、フェリクスが複雑な気持ちになっていてもおかしくはない。

とにかくすぐに追いかけて話をしようと、私はルフィノに向き直った。

「申し訳ありません、僕のせいで……僕からも陛下に謝罪をします」

「ううん、大丈夫よ。きっと話せば分かってくれるから」

私はそう言うと、フェリクスが向かったであろう王城へ急いだのだった。


フェリクスがいるという執務室へ向かうと、そこにはバイロンの姿もあった。

「ごめんなさい、少しだけ二人きりにしてもらっても……?」

「はい、分かりました」

息を切らしている私を見て、何かあったのだろうと察したらしいバイロンは急ぎ出ていく。

申し訳なく思いながら、私は書類仕事をしているフェリクスのもとへ向かった。

「フェリクスに話があるの」

「どうかした？」

向けられた笑顔は、私が帝国に来たばかりの頃に彼から向けられていたものと同じで。本心が隠されたものだと気付き、胸が痛んだ。

「さっき、魔法塔へ来ていたんでしょう？」

「ああ。二人が何か話をしているようだったから、邪魔をしてはいけないと思って引き返してきたんだ。俺は大した用じゃないから気にしなくていいよ」

変わらない笑顔のフェリクスはやはり、会話の内容まで聞いていたに違いない。

その上で、なかったことにしようとしているのだろう。このままでは大きな誤解を生んでしまうかもしれないと、私は再び口を開いた。

「私とルフィノはさっき――」

「何も聞きたくないんだ」

「……っ」

けれど、返ってきたのは明確な拒絶だった。

これまで私に対して向けられることがなかった、冷たい声に小さく肩が跳ねる。

いつもの私だったなら、関係が悪くなってしまう前にその場で目を見て話をして解決しようとしただろう。それが私の信条だったから。

それでもなぜか今は、そうすることができなかった。

（フェリクスにまた拒絶されるのが、怖い）

そしてそれは、私がフェリクスに向ける感情が以前と変わったからだと気付く。

誰かを愛すると、人は強くなると同時に弱くもなるという言葉を、以前聞いたことがある。

その時にはよく分からなかったけれど、今なら理解できる気がした。

「……仕事の邪魔をして、ごめんなさい」

結局私はフェリクスと向き合うことから逃げて、そのまま執務室を後にした。

フェリクスはあれきり何も言わず、追いかけてくることもない。

（こんなの、私らしくない）

そう分かっていても、いつまでも先程のフェリクスの冷たい声が忘れられそうになかった。


ティアナが出ていき一人きりになった執務室で、俺は握りしめた拳を机に叩きつけた。

彼女の傷ついたような、悲しげな表情が頭から離れない。

「……俺は本当に、愚かだな」

自分に呆れ果てて、自嘲すらこぼれる。

先程ルフィノ様に話があって魔法塔へ行った際、執務室のドア越しに聞こえてきたのはティアナの声だった。

『――私ね、ずっとあなたの存在に救われていたの』

『ルフィノだけは信じられて、私の支えだったわ』

『あなたがいてくれて、本当に、良かった』

ティアナの言葉からは、ルフィノ様を心から信じ、大切に思っているのが伝わってきた。

もちろん彼女にとっては友愛であって、そこに恋愛感情などないことも分かっている。

（それでも悔しくてやるせなくて、勝手に傷ついた気持ちになってしまう）

そんなくだらない感情に支配され、彼女にあたるなんて愚かにも程があった。


――俺がまだ幼い頃、エルセとルフィノ様と三人で過ごすことも少なくなかった。

『ルフィノ、どうもありがとう。あなたのお蔭で本当に助かっちゃった』

『どういたしまして。あなたのためならいくらでも』

『ふふ、いつも頼りにしているわ』

二人は強い信頼関係で結ばれており、いつも間近でその様子を見ては、俺には立ち入れない絆《きずな》があるのだと心底思い知らされていた。

そんなエルセを支え助けるルフィノ様に憧れて、羨ましくて妬《ねた》ましくて。常に早く大人になりたいと思っていた。

（だが大人になったところで、俺はあの人のようになれやしなかった）

ルフィノ様は誰よりも素晴らしい人だ。

俺が知る中で、彼を悪く言う人間を見たことがない。

帝国一の素晴らしい魔法使いであり、聡明で誠実で穏やかで謙虚なルフィノ様に対し、尊敬の念を抱き続けている。

そして、そんな彼が愛するエルセだって素晴らしい女性だった。

『僕はエルセにしかこんなことはしませんよ』

『あら、ありがとう。特別枠ね』

『……そんなところです』

ルフィノ様の気持ちに気が付いていなかったのは、恋愛に疎すぎるエルセくらいだろう。

エルセへ向けるルフィノ様の眼差しはいつだって優しくて、愛情を含んでいた。

誰の目から見ても、二人はお似合いだった。

エルセのことが好きだった俺でさえ、そう思ってしまうくらいに。

彼女の亡き後も、ルフィノ様が彼女を想い続けていることだって知っていた。

『――いくら忘れようとしても、忘れられないんです。それでいて、あなたのようにまっすぐ彼女を想い続けていく強さもないから、どうしようもない』

数年前、滅多に飲まない酒を手に、ルフィノ様がそう話していたことを思い出す。

だから俺は、ティアナがエルセの生まれ変わりだと知った後、ルフィノ様にその事実を知られてしまうことを恐れた。

心のどこかで、あの人には敵わないと思っていたから。

けれど事実を知ってなお、ルフィノ様は彼女に対して自身の気持ちを口にしなかった。

ティアナが俺の妻という立場であること、ただそれだけで。

契約結婚という自分勝手な条件を俺が押し付けたことから始まったものでも、誠実な彼は自分の想いを隠し続けたのだ。

(そしてティアナはきっと、気が付いていないんだろう)

彼女はルフィノ様の好意が「ティアナ・エヴァレット」ではなく「エルセ・リース」へ向けられているのだと思っている。

彼女が他人からの好意に疎いのは昔からだし、今世ではずっと王国で虐げられ、好意とは真逆の感情を常に向けられていたのだから仕方ない。

ルフィノ様は決して言葉や態度には出さないから、尚更だ。

——だが、彼が時折ティアナへ向ける眼差しは過去、エルセへ向けるものと同じだった。

俺は間近でいつも見ていたからこそ、すぐに分かってしまった。

あれは想い人と重ねている、なんて半端なものではない。

きっと一人の女性としてティアナへ、ルフィノ様は好意を向けている。

それでも彼は過去のことだと、自分の気持ちに嘘を吐いてまで隠し続けていた。

「……本当、嫌になるくらい出来た人だな」

俺がルフィノ様の立場だったとして、彼と同じことは絶対にできないだろう。

自身や彼女の立場なんて気にせず、なりふり構わず彼女に愛を告げ、振り向いてほしいと希《こいねが》っていたに違いない。

ティアナは先日、暗に俺を好いているのだと言ってくれた。

ずっと待ち望んでいたことに対して喜ぶ反面、心のどこかでは「何かの間違いではないか」「別の感情を勘違いしているのではないか」という不安もあった。

そもそもこんな体たらくでは、さらに好きになってもらうどころか、呆れられて冷められてしまう可能性だってある。

（……だが、彼女の手を離せる段階なんてもう、とっくに過ぎてる）

とにかく頭を冷やし、ティアナに謝らなければ。

そう思っても、胸の奥で燻《くすぶ》る黒い感情はしばらく消えてくれそうにはなかった。

第五章✶契約とこれからと

私は本日何度目か分からない溜め息を吐くと、窓の外へ視線を向けた。

フェリクスのもとを訪れ「聞きたくない」と拒絶されてから、もう一週間が経つ。

あの後も食事の際に顔を合わせているけれど、その件についてはお互いに触れず、当たり障りのない会話をする気まずい時間を過ごしている。

とはいえ、再びあの話を切り出すこともできず、どうしたら良いのかと悩み続けていた。

「フェリクス様と喧嘩しちゃったんですか？」

「……喧嘩って言えるのかは分からないんだけれど」

「やっぱりあれが原因ですよね、この間の」

天気の良い昼下がり、王城の庭園のガゼボにて一緒にお茶をしているイザベラは、ルフィノから話を聞いたのか心当たりがあるようだった。

一人で悩んでいても答えは出そうにないし、私からもイザベラに今の状況を説明して相談にのってもらうことにした。

そして私達の結婚が元々契約の上に成り立っているものであることも、ここで伝えた。

「別に浮気をしたわけでも、ティアナ様がルフィノ様に異性として好意を抱いているわけでもないんだから、そこはフェリクス様がきちんと受け止めるべきだと私は思います」

私の話を聞き終えたイザベラは、ティーカップ片手にそう言った。

だからフェリクス側に話を聞く覚悟ができた時に話すしかないだろう、とも。

「でも、フェリクス様の気持ちも分かるんですよね」

「そうなの？」

「はい。私も子どもながらにエルセ様とルフィノ様は特別な関係なんだろうなって、羨ましくて寂しい思いを胸に抱えていましたから。フェリクス様もきっと同じ——いえ、私とは比べ物にならないくらいそう思っていたと思います」

けれど「特別な関係」というのは恋愛感情ではないこともきちんと分かっていると、イザベラは付け加えた。

「今思うと子どもと大人の差、というのも大きかったんでしょうね」

肩を竦めて笑うと、イザベラはカップをソーサーに置き、私の手を取った。

「まあとにかく、ティアナ様は気にせずにフェリクス様が話を聞いてくるのを待つくらいで良いと思いま——ううん、良くないかも」

「ええっ」

イザベラからのアドバイスがまとまったと思いきや、突然の否定に戸惑ってしまう。

彼女はきょろきょろと辺りを見回した後、こそっと私の耳元に口を寄せた。

「実は昨日、聞いてしまったんです。帝国の大臣達が側妃の話をしていたのを」

「……側妃？」

思わず聞き返してしまった私に、イザベラはこくりと頷く。

「帝国の『呪い』が解かれ始めたことで、再び帝国がこの大陸で最も富んだ国になるのではという考えを持っているようです。そしてそれには、男児の跡継ぎが必要だと」

「………」

そこまで聞いた私は、その話の続きが読めてしまった。

帝国には世継ぎが必要ではあるものの、帝国唯一の聖女であり、皇妃としての仕事もあり常に多忙な私が、妊娠や出産を通して仕事ができなくなってしまうのは困るのだろう。

全ての「呪い」が解けた後も、帝国の民が完全に安心するとは限らない。また同じことが起きるのではないかと、不安になることもあるはず。

そこで私という聖女がいざという時に使い物にならなければ困る、という考えに違いない。

だからこそ、世継ぎを産むためだけの側妃が必要だと考えたのだろう。

「ですから今お二人が人前で少しギスギスした様子を見せてしまって、つけ込まれるようなことだけは避けた方が良いかと」

イザベラの言うことはもっともで、頷く他ない。

「フェリクス様はそんなことを言い出した人間のことを半殺しにしてしまいそうですし、気にする必要は絶対にないのに」

私が暗い表情になってしまったせいか、イザベラは慌てたようにそう付け加える。

「……それは分かっているんだけど、その、想像したらすごく嫌で」

元々フェリクスは血縁者の中から世継ぎを選ぶと言っていた。けれど彼ほどの才能に溢れた皇帝の子を望むのも当然で、大臣たちの判断も理解できる。

それでもフェリクスが私以外の妃を迎えて、触れることをつい想像してしまい、胸の奥が痛いくらいに締め付けられた。

本来、大国の皇帝ならば側妃が複数いるのは当然のことでもある。

そんな気持ちを吐露すると、イザベラは「ふふっ」と楽しげに微笑んだ。

「ティアナ様は本当にフェリクス様のことをお慕いしているんですね」

「……そう見える？」

「だって全く心配しなくていいことなのに、不安になって傷付いて悲しい顔をするなんて、そんなのすっごくフェリクス様のことが好きじゃないですか」

イザベラの言葉が胸の中にすとんと落ちて、改めてフェリクスへの気持ちを思い知った。

同時に恋による不安は余裕を失ってしまうのだと、実感する。

そしてフェリクスがあの日、ルフィノとの話を聞いてくれなかったのも不安によるものだったに違いない。

フェリクスから常に好意を伝えられている私ですら、不安になったり嫉妬したりしてしまうのだ。はっきり「好き」と言葉にしていない中で、そんな気持ちを抱くのは当然だった。

だからこそ、私がきちんと思いの丈を告げれば変わるはず。

「本当にありがとう、イザベラ。私、フェリクスに告白するわ」

本当は全ての「呪い」を解いてからにした方がいいだとか、色々考えていた。

それでも必ず明日が来るとは限らないことを、私はよく知っている。

伝えられるうちに伝えるべきだと思い、きつく両手を握りしめた。

「まあ！　フェリクス様も大喜びすると思います」

応援している、結果報告も待っているとはしゃぐイザベラに背中を押された私は、今夜フェリクスに「好き」と伝えることを固く誓ったのだった。


その日の晩、私はフェリクスの部屋を訪れていた。

避けられないよう、突然来訪した私に彼は戸惑っていたものの、追い返すわけにもいかないと思ったのか、中へ通してくれた。

「いきなりごめんなさい、どうしても話したいことがあって」

「……ああ」

ソファに並んで座り、まっすぐにフェリクスを見つめる。私達の間には普段よりもずっと距離があって、胸の奥が痛んだ。

はっきりと好意を口にするのは、まだ少しだけ怖い。

きっとフェリクスとの気持ちの差はまだ大きいし、解決していない問題もたくさんある。

それでも、私が彼に向ける想いは恋情だけではない。

前世から今まで、何よりも誰よりも私が大切に、愛おしく思っているのは彼で。

この先、そんなフェリクスをもっと好きになっていくという確信だって、今はあった。

「私ね、フェリクスのことが好きなの」

「——え」

「これはあなたが私に向けてくれる『好き』と同じ好きよ」

少しでも気持ちが伝わってほしくて、膝の上に置かれていたフェリクスの手を両手で握る。

私がこのタイミングで告白をするとは思っていなかったのか、切れ長の碧眼が見開かれた。

「……どう、して」

返ってきたのは彼らしくない、ひどく小さな今にも消え入りそうな声だった。

強い動揺や不安が見えて、こんな顔をさせてしまったことを悔いる。

「伝えるのが遅くなって、ごめんなさい。でも、本当に私は一人の男性としてフェリクスのことが好きで、この先もずっとずっと一緒にいたいと思——っ」

全ての言葉を紡ぎ終える前に、私はフェリクスに抱きしめられていた。

苦しいくらいきつく腕を回され、その手つきや体温から強い想いが伝わってくる。

「……本当に？」

「ええ、そうよ」

「勘違いだったなんて後から言われても、もう絶対に離してあげられなくなるよ」

「絶対に言わないし、望むところだわ」

はっきりとそう返事をすると、私の首元にフェリクスは顔を埋めた。

「……ずっとずっと、好きだったんだ。子どもの頃から今まで、忘れたことなんて一日たりともなかった。会いたくて焦《こ》がれて、おかしくなりそうなくらいに」

その声は震えていて、身体は私よりもずっと大きいのに、小さな子どもみたいに見える。

昔のように柔らかな黒髪をそっと撫でると、フェリクスもまた昔と同じく、すり、と甘えるように頬を寄せてくる。

色々な愛おしさが込み上げてきて、気が付けば「好き」という言葉を再び紡いでいた。

「もう一回、言って」

「大好きよ」

フェリクスは深く息を吐くと、脱力したように私に体重を預けた。

髪が首筋にあたって、くすぐったくなる。

「……嬉しくて夢みたいで、どうしたらいいか分からないんだ。本当はこんな時、もっと格好良く堂々としているつもりだった」

「ふふ、かわいい」

「また子ども扱いしてる」

「そんなフェリクスも好きなんだもの」

もう一度そう告げると、フェリクスは顔を上げた。

透き通った瞳と、至近距離で視線が絡む。

「俺もティアナが好きだよ。愛してる」

フェリクスはどうして、こんなにも「好き」を伝えるのが上手なんだろう。

その何もかもから愛情が溢れていて、心がかき乱される。

「一生、ティアナだけを好きでいるから」

「……うん」

「俺を好きになってくれたこと、絶対に後悔させない」

そう言ってもう一度私をぎゅっと抱きしめた後「……駄目だな、本当に好きすぎる」と呟いたフェリクスがあまりにも愛おしくて、幸せな笑みがこぼれた。


その後、私達は寄り添って手を繋ぎながら、改めてお互いの思っていること、そして先日の件について話をした。

「……本当にごめん。ルフィノ様とエルセは俺にとって特別で、余裕がなくなるんだ」

幼い頃からフェリクスは、エルセとルフィノに対して距離を感じていたのだという。

それでも今の私が好きなのはフェリクスだと伝えたことで、もう二度とあんな態度を取ったりはしないと言ってくれた。

とにかくフェリクスとの気まずさもなくなり、本当に良かったと胸を撫で下ろす。

「やっぱり勘違いだったと言われても、もう遅いからね」

「ふふ、そんなこと言わないわ」

何よりフェリクスが嬉しそうで、私もつられて笑ってしまう。

（でも、これで何かが変わるのかしら）

私はまだ恋心を自覚したばかりだけれど、普通は両想いになったら恋人になるとか、婚約をするとか次の段階があるはず。

それでも私達はもう、形だけの結婚をしてしまっているのだ。

ゴールしてからスタートをしたようなもので、普通とはだいぶかけ離れてしまっている。

だからこそ、今すぐに何かが変わることはないと思っていたのに。

「ティアナ」

耳元で甘い声で囁かれ、心臓が跳ねる。

次の瞬間には頬に柔らかい感触がして、それがなんなのか気づいた途端、口からは「ひぇ」という間抜けな声が漏れた。

（は、恥ずかしさとか照れに耐えきれないわ……！）

顔から火が出るのではないかというくらい、頬が火照っていく。

一方、フェリクスはいつも通り、むしろ楽しげにも見える。

彼は私の髪を一筋掬《すく》い取り、唇に押し当てる。

「これからはもう、遠慮しなくていいんだよね？」

何も変わらないなんて、私の勘違いだったのだと思い知らされる。一瞬にして、何もかもが変わったような気さえしてしまう。

私が固まったまま黙っていることで、フェリクスは「ティアナ？」と眉を寄せた。

「あっ、ごめんなさい！　その、とてもびっくりしただけで……ほら、フェリクスって普段そんな感じじゃなかったから」

「結婚をしてもこれまでと何も変わらない、夫の立場を利用して近づいたりもしないと宣言してしまったからね。後から少し後悔したくらい、辛かったけど」

「そ、そうなの？」

「すぐ手の届く場所に愛する女性がいて、何もしないなんて拷問みたいなものだよ」

フェリクスは困ったように笑うと、私の頬を撫でた。

「ティアナが思っている以上に、俺は下心のある男だから」

「……っ」

どうやら私はまだまだ、フェリクスのことを分かっていなかったらしい。こんなにも綺麗な顔をして、いつだって誠実な彼には「下心」なんて言葉はあまりにも似合わない。

「俺にそんな顔をしてくれるんだ？　嬉しいな」

「……っ」

「もう契約結婚は終わりってことでいい？」

私達の結婚は、細かい契約書の上に成り立っていたことを思い出す。

いつからかそのほとんどを無視して暮らしていたから、意味は成していないようなものだった。

「そうね、書類は破棄しましょうか」

改めて内容を思い出してみても、必要最低限しか関わらないためのものだし、不要だろう。

私が頷くなりフェリクスは立ち上がり、部屋の金庫から書類を取り出した。

「はい」

そして既に懐かしさすら覚える契約書を手渡された私は、目を瞬いた。

「えっ……今？　今この場で破棄するの？」

「うん、今」

眩しい笑顔のフェリクスは、今すぐにでも契約書を破棄するつもりらしい。

別にこんなにも急ぐ必要はないのではと思いながらも、断る理由もなく。受け取った書類の小さな魔法陣に指先で触れた。

お互いに取り決めた約束を違《たが》えることがないよう、制約魔法が織り込まれている。

もちろん内容を少し破ったからといって罰がある、なんてものではなく、私の場合は無断で帝国から逃げ出さないというのが主だったはず。

「――契約解除」

フェリクスが魔力を流したのを確認した後にそう告げると、紙の一部が青白く光った。

無事に破棄されたことで、書類が端から溶けるように消えていく。

「これでもう、契約結婚は――」

終わりねと言いかけて顔を上げると、フェリクスの顔が近付いてきていることに気付く。

それを不思議に思う間もないまま、唇が重なった。

視界いっぱいにフェリクスの美しい顔があって、何が起きているのか理解するまでに、かなりの時間を要した。

呆然とする私を見て、フェリクスは綺麗に微笑む。

「終わりだね？」

「……っ」

我に返った私は口元を両手で覆い、後ろに飛びのく。

そうして離れた直後、フェリクスによって腕を掴まれ、再び距離を詰められる。もうソファの私の後ろには逃げ場所はない。

（ま、待って、何がなんだか……）

まだ状況を理解しきれていないけれど、私はフェリクスとキスをしてしまったらしい。

顔からは火が噴き出しそうで、心臓はうるさいくらいに大きな音を立てている。

動揺し続ける私をよそにフェリクスは再び顔を近付けてきて、小さく悲鳴が漏れた。

「ごめんね、我慢できなかった」

「お、お願いだから待って！」

「ずっとティアナに触れたくて仕方なかったんだ」

こちらは既にいっぱいいっぱいだというのに、フェリクスはさらに追い討ちをかけてくる。

「嫌だった？」

「い、嫌では、ないけど……」

「良かった」

ふっと笑うフェリクスはなんだか、これまでと様子が違う。今までは私の意思を尊重して、何をするにも気遣ってくれていたのに。

「ティアナ」

私を見つめる瞳だって、今までにないくらい熱を帯びている。

急にフェリクスが「男の人」に見えて、落ち着かない。私はまだまだ、フェリクスのことを分かっていなかったのかもしれない。

「俺の『好き』はこういう好きだよ、それも十七年分の」

「……っ」

「覚悟しておいて」

フェリクスの言う「覚悟」というのは一体、なんのことなのだろう。それでも恋愛超初心者の私には、まだ何もかもが早すぎる気がしてならない。

それでもフェリクスがどれほど私を想ってくれているのかは、十分なくらい分かっている。

恋愛に関してお子様レベルの私ですら、フェリクスに触れたいと思う気持ちはあった。

そう思うとフェリクスの気持ちは計り知れないし、結婚をしていて想い合っている以上、しっかり応えていくべきではないだろうか。

「わ、分かったわ。任せて！」

ぐっと両手を握りしめ、気合を入れて返事をすると、フェリクスは目を瞬く。

そして私の耳には届かないくらいの声で、何かを呟いた。

「……本当に分かっているのかな」

「何か言った？」

「ううん、なんでもないよ。先は長そうだと思っただけで」

「…………？」

フェリクスはふっと笑い、私の頬に軽くキスを落とす。

――そして私達の認識に大きな差があったことを知るのは、もう少し先の話。

第六章✴呪われた夜会

今は王城の食堂にて、フェリクス、ルフィノ、イザベラの四人でテーブルを囲んでいる。

残り二箇所の呪われた地の解呪について話し合うため、という体《てい》ではあるものの、他愛のない話をしながら昼食をとっていた。

「ふふ、こうして四人で食事をするのもいいですね」

「前は誰かのお蔭で空気が悪かった気がするけど」

「……フェリクス様って『いい性格』をしてますよね」

フェリクスとイザベラのやりとりに、思わず笑ってしまう。あの頃はこんなにもすぐ、四人で穏やかに食事ができるなんて想像すらしていなかった。

「とにかく地下遺跡については、私とルフィノ様にお任せください」

「はい。お二人は公務でお忙しい時期でしょうし」

帝国は社交シーズン真っ只中で、私達も顔を出さなければならない行事は少なくないため、二人の提案はありがたかった。

とはいえ、ルフィノだって常に多忙なはず。

けれど絶対にそんな様子も疲れた姿も見せない彼は、どこまでも出来た人だと尊敬せずにはいられない。フェリクスも同様で、私もしっかりしなければと気合を入れた。

「ティアナ様はこの後、どう過ごされるんですか？」

「お互いに午後は少し時間ができたから、フェリクスとお茶をする予定よ」

先程フェリクスに「ティアナの淹れたお茶が飲みたい」とリクエストされたばかりだった。

これまでもお互いに時間を見つけては、二人でお茶をしている。

（二人きりになったら、またあんな甘い空気になるのかしら……？）

けれど昨日の出来事を思い出すと、色々と意識してしまう。

フェリクスの言う「覚悟」なんて、いつまでもできそうにない。

「なんだかお二人、昨日までとは雰囲気が変わりましたね？　何かあったんですか？」

楽しげな笑みを浮かべ、冷やかすような態度のイザベラに、そんなに分かりやすかったのかと恥ずかしくなる。

告白をすると宣言した後、まだ彼女には昨日のことを報告できていなかった。遅かれ早かれ二人には絶対にいずれ伝えることではあるし、今この場で伝えてもいいのかもしれない。

そんなことを考えていた私よりも先に、フェリクスが口を開いた。

「実は契約結婚をやめたんだ。これからは本当の夫婦として過ごしていこうと思ってる」

イザベラは両手を合わせ「まあ」と明るい声を出す。

「おめでとうございます！　ようやく想いが通じたんですね。私のお蔭では？」

「そうだね。イザベラには礼をしないと」

「冗談です。迷惑をかけた自覚はありますから、めいっぱいお祝いさせてください」

イザベラは悪戯《いたずら》っぽく笑うと、もう一度「おめでとうございます」と言ってくれる。

こうして祝われるのはなんだか気恥ずかしくて、そわそわしてしまう。

昔の私達を知る相手となると、尚更だった。

「おめでとうございます。お二人の仲が良いのは何よりです」

「……ルフィノ様も、ありがとうございます」

「はい。お二人のこれからのためにも、必ず残りの『呪い』を解きましょう」

「ええ、ありがとう」

ルフィノも笑顔で祝福してくれて、ほっとする。

そうして食後のデザートまでいただいた後、私達は食堂を後にしたのだった。


フェリクスの部屋へ向かって彼と二人で廊下を歩いていると、バイロンがこちらへ急ぎ足でやってくるのが見えた。

「フェリクス様、デナム公爵が至急お会いしたいそうで……」

「分かった。少し待つよう伝えてくれ」

フェリクスはそう言うと、申し訳なさそうに形の良い眉尻を下げた。

「ごめんね。すぐに話を終わらせてくるから、ティアナの部屋で待っていて」

「ええ、分かったわ。気にしないで」

やはりフェリクスは多忙だと少し心配になりながら、その背中を見送る。

そして自室に戻ると、マリエルにお茶の道具とお菓子の準備をお願いした。

「なんだか今日の陛下は機嫌が良いと、メイド達の間でも話題だったんですよ」

実は私もそれは、ひしひしと感じている。誰がどう見てもフェリクスはご機嫌で、口元には絶えず柔らかな笑みが浮かんでいた。

（う、浮かれてる……？）

以前のポーカーフェイスはどこへやら、分かりやすく喜んでいる。そんな、らしくないフェリクスも愛おしいと思いつつ、照れ臭さも感じてしまう。

ファロン王国まで私を迎えに来てくれたマリエルは、私とフェリクスが契約結婚だということも知っている、数少ない人物だ。

大切な侍女である彼女には、自分から話しておきたいという気持ちもあった。

「実はね、契約結婚をやめようっていうことになって……」

「そうだったのですね！　おめでとうございます！」

我ながら言葉が足りない説明だったものの、きちんと伝わったらしい。

マリエルは両手を合わせると、いたく感激した様子を見せた。

「お二人は本当にお似合いですもの。本当に良かったです」

「ありがとう。そう言ってもらえると嬉しいわ」

自分のことのように喜んでくれる姿に、胸が温かくなる。

そんな中、フェリクスの来訪を知らされ、すぐに部屋の中へ案内してもらった。

「ごめんね、お待たせ」

「ううん、大丈夫。お疲れ様」

その様子からは急いで来てくれたのが窺える。

ソファを勧めると、フェリクスは私の隣に腰を下ろした。自然に腰に腕を回され、私達の間には一切の距離がなくなる。

（これまでよりずっと、距離が近い）

肩が触れ合う距離にいる彼からはふわりと良い香りがして、鼓動が速くなる。

「では私は失礼いたしますね。何かありましたら、すぐにお呼びください」

空気を読んだらしいマリエルは笑顔で退室し、二人きりになってしまった。普段は自然といくらでも会話なんてできたはずなのに、何を話せばいいのか分からなくなる。

「お、お茶を淹れるわ！」

「待って」

落ち着かなくなって立ち上がったところ、腕を掴まれてぐいと引き寄せられる。

バランスを崩した私はフェリクスの上にぽすりと座る形になり、後ろから抱きしめられた。

「フェ、フェリクス……？」

「ごめんね。お茶は口実で、ただ二人きりでこうしたかっただけなんだ」

それはもう良い声に耳元で囁かれ、固まってしまう。

もちろん今まではこんなことはなかったし、フェリクスの態度もこれまでとは全く違う。

声音や話し方も、今まで以上に柔らかくて優しくて、甘い。

改めてフェリクスとの関係が変わったのだと、実感してしまう。

「もう少しだけこのままでいさせて」

「ど、どうぞ……」

「ありがとう。ティアナは柔らかくて良い香りがする」

行き場を失っていた手も、さりげなくするりと彼の手に絡め取られる。

指先まで大きな手のひらに包まれ、心臓が大きく跳ねた。服越しにフェリクスの体温や少し速い鼓動が聞こえてきて、指先ひとつ動かせなくなる。

(私って、こんな乙女な反応をしてしまうタイプじゃないと思っていたのに……)

自分はもっと恋愛において、さらっとした態度をとる人間だろうと考えていた。

周りの女性よりもがさつだという自覚もあったし、こんなの私じゃないみたいで、余計に恥ずかしくなる。

真っ赤になっているであろう俯《うつむ》く私を見て、フェリクスはくすりと笑う。

「ティアナ、こっちを向いてくれないかな」

「ど、どうして?」

「キスしたいなって」

あまりにもストレートなお願いに色々な限界を超えた私は、フェリクスの腕から必死に脱出しようとする。けれど力の差は歴然としていて、それは叶わない。

「ごめんね、つい。もう言わないから逃げようとしないで」

その声があまりにも切実なもので、私は抵抗をやめると、大人しく彼の腕の中に収まった。

「ティアナが俺のことを好きだと思うと、欲が止まらなくなるんだ。呪いを全て解くまでは、あまり浮かれないようにするつもりだったのに」

フェリクスもやはり同じことを気にしていたらしく、もう一度謝罪の言葉を紡いだ。

このままでは私が嫌がっていると思われそうで、照れを抑えつけた私は自身の身体に回されたフェリクスの腕に手を重ねた。

「ごめんなさい、もちろん嫌なわけじゃないの。ただ恥ずかしいだけで」

「それなら良かった」

「私もフェリクスとちゃんとその、進みたいと思ってるから」

私の気持ちが伝わったのか、安堵した様子を見せたフェリクスは小さく微笑む。

「全ての呪いを解いて解決したら、ダリナ塔からもう一度全てをやり直してもいいだろうか」

結婚式の日にフェリクスと二人で訪れたダリナ塔は、代々皇帝と皇妃が夫婦の誓いを立てる場所だった。

最上階には石碑があり、誓いを立てて魔力を注ぐと、強い効力のある制約魔法が成立する。

一度誓いを立ててしまうと、もう二度と相手以外とは結婚できなくなるという。

『何もしなくていいよ』

『いずれ全ての呪いを解き国が安定した後も俺と一緒にいたいと思ってくれた時には、またこの場所へティアナと共に来られたら嬉しい』

フェリクスは私の気持ちを優先し、そう言ってくれたことを思い出す。

もちろん今はフェリクスのことが心から好きで、形だけのものではなく本当の夫婦としてこの先も一緒に生きていきたいと思っている。

本当なら今すぐにだって、ダリナ塔で誓いを立ててもいいくらいだった。

「ええ、もちろん。私もそうしたいわ」

だからこそ深く何度も頷くと、フェリクスはほっとしたように微笑む。

(そのためにも必ず、残りの呪いを解かないと)

改めて気合を入れていると、フェリクスに名前を呼ばれた。

そうして顔を上げ、やけにフェリクスの美しい顔が目の前にあると思った時にはもう唇が重なっていて、目を見開く。

「……っ」

不意打ちのキスに戸惑い、解放されると同時に両手で口元を覆う。

心底動揺する私とは違って、フェリクスは眩しい笑みを浮かべていた。

「な、なんで……だって今、無事に呪いを解いたらって」

「ああ、ティアナはそう思っていたんだ」

余裕たっぷりのフェリクスは、口元を覆う私の手をそっと剝《は》がしていく。

そして右手で私の頬に触れ、親指の指先で唇をなぞった。

「俺は夫婦としてちゃんとやり直したいという意味であって、これからもティアナには触れたいし、恋人としての付き合いはしたいと思ってる」

「そう。塔に行くまではちゃんとその範囲に留めるから、安心して」

「…………？」

言葉の意味が分からず、首を傾げる。安心するというのはなんのことだろうと思っていると、フェリクスは困ったように眉尻を下げた。

「俺が言っている意味、分かる？」

「ごめんなさい、全然分からなくて」

「俺はいずれティアナとの子どもだって欲しいと思ってるんだけど、どう？」

「え」

そう言われてしばらくして、ようやくフェリクスが何を言わんとしているのかを察した。火が噴き出るのではないかというくらい、顔が熱い。

すぐに思い至らず、フェリクスにはっきり言わせてしまったことが余計に恥ずかしい。

（普通に考えれば分かることじゃない！　ああああもう、穴があったら入りたいわ）

これまでフェリクスとは白い結婚を約束していたため、彼との関係においてそこまで想像したことが一度もなかったのが原因だろう。

とはいえ、まだ両想いになったばかりだし、私は前世も今世も恋愛や結婚から縁遠かったのだから、仕方ない——ということにしてほしい。

「昔はエルセが大人の女性に見えたんだけど、俺が幼すぎたのかな」

「……返す言葉もないわ」

精神年齢ではずっと私の方が上のはずなのに、よほどフェリクスの方が大人だった。

あの頃だって最年少で大聖女という地位に就いて、周りから舐められないように必死に背伸びをしていただけ。

ルフィノ辺りはきっと、中身が伴っていないことにも気付いていたはず。

「それで、ティアナの返事は？」

顔を両手で覆った私を後ろから抱きしめたまま、フェリクスは子どもをあやすような、優しい声音で問いかけてくる。

結局、答えなんて最初から決まっている。ただ、恥ずかしいだけで。

すぐに返事ができずにいる私に、フェリクスは続けた。

「もちろん嫌なら——」

「わ、分かったわ。そうしましょう！　私だってそう思ってはいるもの」

「ありがとう、嬉しいよ」

やけになったような言い方になってしまったものの、私だって前世も今世も愛する人と結ばれて子どもを授かって幸せに暮らす、なんて夢を何度も描いていたのだから。

何よりフェリクスが心から嬉しそうに笑っているから、彼の望みは叶えたいと思ってしまう。

「それまでにちゃんと心の準備はしておいて。俺はティアナの全てが欲しいから」

「……っ」

「好きだよ、本当に」

――心の準備なんていつまでもできそうにないと思いながら、私は再び近づいてくるフェリクスの唇を受け入れたのだった。


翌週末、地下遺跡へ向かうルフィノとイザベラを城門まで見送った私とフェリクスは、今夜王城にて行われる夜会の準備に追われていた。

「……前皇帝のせいで無駄な催しが多すぎるわ」

前皇帝はとにかく女性と派手なものが好きで、暇さえあれば王城で舞踏会やパーティーを開いていた記憶がある。

そのせいで恒例行事のようになってしまったイベントも数多くあり、それらを楽しみにしている貴族が多いこともあって、無視できずにいるのだ。

準備に追われているうちにあっという間に夜になり、メイド達にしっかりと身支度をされた私は、自分でオーダーした薄紫のドレスに身を包んだ。

(流石に青ばかり着ていられないもの)

フェリクスは社交の場に出る際は特に、自分の色を私の身につけさせたがる。

そのため自分が贈ったものではないと拗ねたりするだろうか、なんて心配をしながらフェリクスと合流したものの、彼はいつも通りの様子で大いに褒めてくれた。

「ティアナは本当に世界一綺麗だね。美の女神ですら嫉妬してしまうくらいに」

「大袈裟《おおげさ》だわ。そ、それといちいち抱き寄せて耳元で囁いていただかなくて大丈夫です」

「そう？　こうすると真っ赤になるティアナがかわいくて」

「くっ……」

ぐいぐいと両手でフェリクスの胸元を押すものの、なかなか離れてはくれない。

そして常に彼は余裕で上手で、なんだか悔しくなる。

「ドレスのこと、何も言わないのね」

「元々男避けだったし、今日は代わりにたくさん見せつければいいよ。ね？」

「………」

大人しく青いドレスを着てくれれば良かったと、後悔が込み上げてくる。

フェリクスは爽やかで綺麗な顔をして、ものすごく愛が重くて嫉妬しやすいのだと、私は身をもって実感していた。

（たくさん見せつけるって、何をする気なの……）

ずるずると引きずられるように腕を引かれ、会場である大広間へ向かう。

そうして腕を組んで入場すると、これまでにないほどの歓声や歓迎の声が耳に届いた。

「俺達がまた『呪い』を解いたからだろうね」

驚く私に、フェリクスが小声で囁く。

こんなにも喜び、活気に溢れている様子に、胸がいっぱいになった。早く全ての呪われた地の解呪をし、全ての民に安心をしてもらいたいと心から思う。

「……ふふ、良かった」

思わず笑みがこぼれた私を見て、フェリクスも柔らかく微笑んでくれる。こんなふとした瞬間も幸せで、好きだと思う。

「皇妃様、帝国を救ってくださって本当にありがとうございます」

「ええ。これからも皇妃、聖女として帝国のためにより一層努めてまいります」

それからは大勢の人と直接言葉を交わし、彼らの言葉がとても励みに、勇気になるのを感じていた。辛いことも苦しいことも多いけれど、私はまだまだ頑張れる。

もう以前のように、私に対して嫌みを言ってくる令嬢もいなくなっていた。

（それにフェリクスも嬉しそうだわ）

隣に立つ彼もまた、穏やかで優しい笑みを浮かべている。

その表情からは国や民を心から大切に思っているのが伝わってきて、身体の奥に温かいものがこみ上げるのを感じていた。

「いやあ、両陛下の仲睦まじいご様子を見ていると、私まで若返るような気がしてきますな」

「そ、それは何よりですわ」

「最近では国外でも陛下のあまりに見事なご手腕に、誰もが驚いているとか」

「愛する妻が側にいてくれるお蔭だよ」

そう言って私へ視線を向けるフェリクスの眼差しは愛情に満ちたもので、私だけでなく近くにいた招待客たちも頬を赤らめている。

(自分が今どんな顔をしているのか、分かっているのかしら)

フェリクスの纏う雰囲気も、以前よりもずっと優しくなった気がしていた。

「今日、ルフィノ様はいらっしゃらないのね。残念だわ」

「ええ。お姿を見られるだけで、半年は頑張れるのに……」

時折ルフィノに関する会話が聞こえてきて、彼がいないことを残念に思っている令嬢が多いようだった。いつの時代も彼の人気が凄まじいことが窺える。

以前メイドから聞いた話によると、彼とどうにかなりたいと望んでいる令嬢はおらず、もはや遠目に眺めるだけで良いという神のような扱いなんだとか。

なんとなくその気持ちは分かると思いながら、さりげなく会場内を見回す。

(あれは……ザラ様だわ)

そんな中、少し離れた場所にシューリス侯爵家の令嬢であるザラ様の姿を見つけた。

真っ赤なドレスがよく似合うザラ様は、今日も華やかな美貌が輝いている。多くの令嬢たちに囲まれている彼女の姿を見るのは、私のお披露目の場である王城での舞踏会以来だ。

『けれど私、知っているんです。——ティアナ様が空っぽ聖女だということを』

『お飾りの聖女ならまだしも、皇妃の立場は辞退すべきではなくて？　分不相応だわ』

一時はフェリクスの婚約者候補にも挙がっていたという彼女は、穏やかな淑女の顔の裏で、誰よりも私に敵意があるようだった。

（ファロン神殿と関わりがある可能性も否めないし、警戒しておかないと）

じっと観察しているうちに、遠目から見ても顔色がひどく悪いことに気が付く。

今は周りに人も多く、後で声をかけてみようと決めて、視線を外した時だった。

「きゃあああああ！」

突然会場に甲高い悲鳴が響き、何が起きたのかとすぐに振り返る。

そして目に飛び込んできた信じられない光景に、私は息を呑んだ。

「……ぐ、っあ……うう……」

露出している首元や腕などザラ様の青白い肌には、蛇に似た黒い痣《あざ》が広がっていたからだ。

ザラ様はひどく苦しんでいて、床の上でのたうち回っている。

じわじわと痣は今もなお広がり続けており、首筋から顔にまで及んでいく。

「い、いやあ……助けて！　どうして……」

「こっちに来ないで！　触らないでよ！」

そして周りにいた令嬢たちの腕や脚にも同じものがあり、伝染しているのかもしれない。

令嬢達は悲鳴を上げながら助けを乞う友人を足蹴にし、逃げていく。

「……っ」

――これは間違いなく『呪い』だ。

それも、かなり強力な。

私は呪いがこれ以上広がらないよう、すぐさま駆け寄り、ザラ様やその周囲にいた呪いの影響を受けたであろう令嬢達の周りに結界を張った。

「うわあああ、逃げろ！　呪いだ！」

「いやあ、死にたくない！」

その光景を見ていた誰もが呪いだと、すぐに察したらしい。

会場は逃げ惑う人々の声や悲鳴で騒然となり、完全にパニック状態になっていた。

「ティアナ！」

「私は大丈夫だから、他の人達を――」

「きゃあああ！」

「逃げろ！　呪いになどかかってたまるものか！」

「どうしてこんな場所で……いやよ！」

フェリクスに向けた私の声は途中から、悲鳴でかき消されてしまう。

招待客達は我先にと周りを押し退《の》け、出入り口へと逃げていく。

「落ち着いてください！　結界を張りましたし、大丈夫ですから！」

必死に声を張り上げても、誰も聞き入れてはくれない。それほど帝国の民は呪いに対し、強い恐怖感を抱いているのだろう。

(とにかく私に今できるのは、呪いを解くことだわ)

私はまず、結界の中で苦しむザラ様や令嬢たちの状態を確認した。

「こ、皇妃様……私、っ死ぬのでしょうか……」

「いいえ、絶対に大丈夫よ」

ザラ様以外の令嬢は、黒い痣が広がる見た目こそ強い呪いに見えるものの、すぐに解ける弱いものだと分かった。

それでも彼女たちは恐怖に震えており、触れながら何度も「大丈夫」と伝え続ける。

(まずは彼女たちを浄化して、他の場所に連れていった方がいいかもしれない)

ザラ様の様子を見ては彼女のようになるのではないかと、不安で今にも心が壊れてしまいそうな令嬢も複数いる。

それに呪いの元凶らしいザラ様の側にいれば、解呪をしても再び伝播《でんぱ》する可能性がある。

何かあった時のためにと身につけていた、聖遺物でできたネックレスをドレスの中から取り出す。そして両手で握りしめて魔力を流すと、この場一帯をまとめて解呪した。

「……うそ、痛くない……」

「もう大丈夫よ、安心して」

予想通り簡単に呪いが解けたことで、予想は確信に変わる。

(……これは見せしめだわ)

私は両手を握りしめると、結界の外で様子を見守ってくれていたフェリクスに声をかけた。

「フェリクス、彼女たちや他の人たちを別室へ移動させて状態を確認して。もしかすると、他にも呪いを受けた人がいるかもしれないから」

「分かった。ティアナは大丈夫なのか」

「ええ、もちろん」

結界の外にいるフェリクスへ笑顔を向けると、私は今しがた行った解呪では全く効果のなかったザラ様に向き直った。

「……ぐっ……苦し……あああっ……」

彼女の呪いは既に全身に広がっていて、先ほど以上に苦しんでいる。

呪いはザラ様の命を削って力の源にしているようで、このままでは彼女の命が危うい。

（やっぱり厄介そうね）

これまで帝国にかけられた「呪い」よりはずっと弱いものだけれど、とても複雑なものだ。

そして間違いなく、人為的なものだった。通常の強い呪いだけでなく、他人へ伝播する弱い呪いと組み合わせられているのが何よりの証拠だろう。

そしてこの場でこんな呪いを仕掛ける人間など、一人しかいない。

（……本当、シルヴィアらしい嫌なやり方だわ）

今回の狙いは、間違いなく私と帝国そのものだ。

三箇所の呪いが解けたことで、ティアナ・エヴァレットという聖女の噂はファロン王国にまで及んでいる。

シルヴィアからすれば不愉快極まりなく、私になんの力もないと確信している以上、私が誰かの力を借りて聖女のフリをしているとでも思っているはず。

そんな中、私が呪いを前にして何もできず侯爵令嬢であるザラ様が命を落とせば、私の立場はなくなってしまう。

安堵し始めた民たちが知れば、再び帝国は希望を失う可能性だってある。

それを見越した上で、大勢の人々が参加するこの場で呪いを撒《ま》いたのだろう。

（それに普通の聖女だったなら、きっとこの呪いを解くまでに相当な時間がかかって、ザラ様は命を落としていたはずだわ）

魔法――特に解呪というのはただ知識を詰め込めば良いというものではない。

正しい知識があるのは大前提で、その場面に適した方法を即座に判断し、完璧な状態で使う必要がある。そしてそれは、一朝一夕でどうにかなるものではない。

経験を重ね、培っていくものだ。

その上、聖属性魔法というのは簡単に扱えるものではない。

（だからこそシルヴィアは、私には不可能だと確信している）

ティアナ・エヴァレットはファロン神殿で、まともに魔法さえ教えてもらっていなかった。

けれど、私は違う。

――血の滲むような努力をして大聖女と呼ばれるほどの存在になり、多くの呪いを解いてきた前世の記憶があるのだから。

唯一解けなかったのは、フェリクスの「炎龍の呪い」だけだった。

「……シルヴィアの思い通りにさせてたまるものですか」

弱い呪いにしか対応できない聖遺物も使い切ってしまったし、媒介を探してきてもらうほどの時間も残されていない。

(結局、これしかないのよね)

フェリクスには止められていたものの、私は騒ぎによって近くに落ちていたフォークを一本拾うと、自身の腕に思い切り突き立てた。

「……っ」

切れ味が半端で痛みを伴いながらも、さらに奥へと突き刺していく。

今世は結局、痛い思いをしてばかりだと思いながら、苦しむザラ様の周りに血で魔法陣を描いていく。何よりも手っ取り早くて確実なのは、やはり聖女の血を使うことだった。

正確に迅速に、複雑な術式を描き続ける。

これほど緻密なものとなると、ひとつでも間違えば成功はしない。

だからこそ、必死に集中しなければ。

「ぐ……うっ……あ……」

けれどザラ様の方が限界を迎えそうで、黒い痣で肌が埋め尽くされかけた彼女の口からは赤黒い血が吐き出された。

どうかもう少しだけ耐えてほしいと祈りながら、指を走らせる。

「――できた」

後は魔力を流して押し切るだけだと肩で汗を拭い、魔法陣に両手を突く。

そして私は深呼吸をひとつして、一気に魔力を流し込んだ。


「ありがとう、ティアナ。無事に騒ぎも収まって全員無事だったよ。皆安心したようだ」

「良かったわ。あなたもお疲れ様」

ザラ様の呪いを無事に解き、参加者たちのフォローもした私は現在、フェリクスの部屋のソファに背を預け、ぐったりとしていた。

呪いを受けた令嬢達もザラ様も命に別状はないらしく、ザラ様に関しては目を覚ました後に詳しく話を聞く予定だという。

流石に疲れきってしまい、もう一歩も動けそうにない。

「……いつもティアナばかり頑張らせてごめん」

そんな私を見て、隣に座るフェリクスは悲しげな顔をする。

気遣うように頭を撫でられ、小さく笑みがこぼれた。

「ううん、これが私の仕事だもの。あなたにはあなたの、聖女には聖女のすべきことがあるんだから気にしないで」

ゆっくりと身体を起こした私は「それに」と続けた。

「あの呪いは故意に生み出されたものだった」

そう告げると、フェリクスは形の良い眉を寄せた。

「やはりシルヴィアが関わっているのか」

「私はそう考えているわ。シューリス侯爵家はファロン神殿と関わりがあるのかもしれない」

結局のところ、シルヴィアに直接会って調べなければ全ての確証は得られない。仮に今回の事件に関わっていたとしても、簡単にボロを出したりはしないはず。

いずれ全ての「呪い」を解いて力を取り戻した後は、ファロン王国に戻り、シルヴィアと直接戦うことになるだろう。

「それに今回の呪いを私が解いたことで、シルヴィアも黙っていないはず」

シルヴィアは間違いなく私がなんの力もないことを知っていたし、何が起きているのか調べるに違いない。今回のように誰かを使い、攻撃を仕掛けてくることもあるだろう。

厄介なことばかりだけれど、実は良いこともあった。

「ルフィノとイザベラは、無事に地下遺跡の呪いを解いてくれたみたい」

「どうして分かるんだ？」

「また新たに魔力が戻っていたの」

二人はまだ遺跡から戻ってきていないものの、呪いを解くために魔力を注ぎ込む際、魔力が再び戻っていることに気付いた。

後は無事に帰ってきてくれることを祈り、待とうと思う。

(……でも、今日で確信した)

現段階で戻っている分だけでも、既に全盛期のエルセよりも魔力量は多い。

それでいて、過去の知識や経験は今も私の中に残っている。

――つまり最後の一箇所であるバルトルト墳墓の「呪い」を解いて全ての魔力が戻れば、ティアナ・エヴァレットは大聖女エルセ・リースをも超える聖女になる。

数ヶ月前、空っぽ聖女としてこの国に来た時は、今や大聖女と呼ばれているシルヴィアに傷ひとつ負わせられないと思っていた。

(けれどもうすぐ、シルヴィアを追い詰められる)

私にとっても、この十五年はとても長く苦しいものだった。

ずっと孤独で寂しくて、辛くて悲しくて。終わりの見えない地獄の日々を思い返すと、目の奥が熱くなるのを感じた。

「ティアナ?」

ぽすりとフェリクスの肩に頭を預けると、不思議そうな声で名前を呼ばれる。

こうして私が自ら触れたりするのは、珍しいからだろう。

「……なんだか甘えたい気分になって」

素直な気持ちを伝えると、驚いたのか少しの間が空いた後、フェリクスの手が伸びてきた。

「どうぞ、いくらでも」

そしてひどく優しい手つきで、私の頭をそっと撫でてくれる。

声音も纏う雰囲気も何もかもが優しくて温かくて、肩の力が抜けていく。

(あんなに小さくて、私がいなくては駄目だと思ってしまうくらいだったのに)

前世ではこうして誰かに甘えることなんて、一切できなかった。

(……今思うと、あの頃も常に心のどこかでは孤独や重圧を感じていたのかもしれない)

大聖女という立場では、私が弱い部分を見せれば下の者達が不安になってしまう。

人前ではいつも笑顔で明るくいるよう努め、常に「民達の心の支え」である必要があった。

本来なら、今だってそうあるべきだ。

けれど今の私にとってフェリクスは支えであり、心を許せる存在だった。

そんなことを考えていると、フェリクスが私のこめかみの辺りに唇を寄せた。どきっとしてしまいながら見上げれば、愛おしげに細められたアイスブルーの瞳と視線が絡んだ。

「ありがとう」

「えっ？」

なぜフェリクスにお礼を言われるのか、分からない。

むしろお礼を言うのはこちらの方ではと思っていると、フェリクスは続けた。

「こうして甘えてもらうのが、俺の夢だったから」

「そんなことが夢なの？」

「ああ。幼い頃はいつも、早く大人になってエルセを支えたいと思っていたんだ。それにエルセはいつも、少し無理をしているように見えたから」

フェリクスは、エルセの心のうちに気が付いていたのかもしれない。フェリクスはいつも私の側で、誰よりもまっすぐに美しい瞳を向けてくれていたから。

「そんなエルセが誰にも心から甘えようとしなかったことも知っているから、嬉しいんだ」

「……っ」

フェリクスの言葉に、胸が温かくなっていく。本当に彼はずっと「私」を大切に思ってくれていたのだと、伝わってくる。

泣きそうになってしまって、誤魔化すように私は笑みを作った。

「フ、フェリクスって、私のことが好きすぎじゃない？」

「ああ。俺が世界で一番好きだよ、絶対に」

「………………」

冗談めかして言ったのに優しい笑顔を返され、余計にぐっときてしまう。

フェリクスは口元を緩めると、私の腰に腕を回して抱き寄せた。

「それに昔、月と星の王子様って絵本を好きだったことも知ってるよ」

「えっ」

「だから話し方だって、あの王子の真似をしてる」

「な、なな、なんで……」

本当に待ってほしい。フェリクスが言っているのは、前世の私が好きだったお姫様と王子様の、こってこてのラブストーリーが描かれた絵本のことだろう。

恋愛というものが一切分からないながらも憧れ、絵本に出てくる王子様みたいな男性がいつか私にも現れるといいな、なんて思っていたのだ。

（エルセの死後、遺品はフェリクスが管理してくれたのは知っているけど、あああ……）

二十二歳で絵本の恋愛に憧れていたなんて、結構な黒歴史だろう。当時の帝国における女性の結婚適齢期は十八歳から二十歳ほどだったから、尚更だ。

そして確かに幼い頃のフェリクスは、もっと無邪気で活発な感じの話し方だった。

（今のフェリクスは穏やかで落ち着いていて、まるで王子様みたいな——……っ）

そんなところまで私を意識して変えていたなんて、どこまでも愛情を感じてしまう。

顔が熱くなって「どうして」と呟くと、フェリクスは軽く首を傾げてみせる。

「愛する女性の理想に近付きたいと思うのは、自然なことじゃないかな」

「う……！」

あまりの甘さに耐えきれなくなり、両手で顔を覆う。すると追い討ちをかけるように、フェリクスは私の耳元に唇を寄せた。

「ティアナは本当にかわいい」

「ば、馬鹿にしているでしょう！　行き遅れた上に絵本の恋愛を夢見ていたんだから」

「まさか。俺以外の男を知らないことが、何よりも嬉しいよ」

「ど、どうして次から次へとそんな恥ずかしいことを……！」

フェリクスの溺愛は底が知れず、恋愛初心者の私には早すぎると思いながらも、心の中では彼が側にいてくれる幸せを噛み締めていた。

幕間✴とある聖女のひとりごと

「――は？　ティアナが一人であの呪いを解いてみせた？」

「はい。夜会に参加した者が確認したそうです。あのブローチを贈ったシューリス侯爵家の令嬢も無事だったとのことで……」

夜中に叩き起こされ、一晩中呪い返しに苦しむシルヴィア様に聖魔法での治療をしていると、副神殿長がシルヴィア様のもとへやってきた。

いつも大事なことは何も教えられず、今だってもう魔力と体力の限界で意識を保つのがやっとな私には、なんの話なのかはよく分からない。

けれどきっと、またシルヴィア様がティアナを罠に嵌《は》めようとしたのだろう。

報告を受けたシルヴィア様の顔はみるみるうちに怒りに染まり、私を突き飛ばしてベッドから起き上がると、副神殿長を怒鳴りつけた。

「嘘を吐くな！　そんなわけないじゃない！　何も教えられていないあのティアナがどうしてあれほど複雑な呪いを解けるのよ！」

「わ、私にもそれは分かりかねます……」

「この役立たず！　消えろ！」

苛立ちを隠しきれないシルヴィア様はベッドの近くにあった香炉を副神殿長へ投げつけ、副神殿長は逃げるように部屋を後にした。

「ぐっ……う、あ……痛い、痛いっ、うあああ……！」

直後、シルヴィア様は大声を出して無理に動いたせいか、身体を掻きむしって苦しみ出す。

今では真っ白だった素肌の七割ほどが呪い返しによって蛇のような漆黒の痣で染まり、シルヴィア様は常に痛みや苦しみに耐え続けている。

これほど強く禍々《まがまが》しい呪い返しである以上、元の呪いは相当なもののはず。

そして私のもとにも、帝国の呪いが既に数箇所解かれたという話は耳に入っていた。

（きっと、帝国の呪いは――……）

私だけでなく今のシルヴィア様の状態を知る人間なら、誰もが察していることでも、絶対に口にすることはない。

余計なことを言って、惨《むご》たらしく殺された者も大勢いるのだから。

「エイダ！　もっと治療をしなさいよ！」

「も、申し訳ありません……ですがもう、魔力が……」

シルヴィア様は私を怒鳴りつけ、いつかティアナにしていたように私の髪を掴んだ。

痛くて辛くて、視界がぼやけていく。起きている間、魔力がある間はずっとこうして限界まで治療をしているというのに、これ以上どうしろというのだろう。

（もう、消えてしまいたい）

シルヴィア様はもうとっくにおかしくなっていて、明らかな犯罪行為だって数えきれないくらいしているというのに、誰も咎めることはできずにいる。

国王陛下もシルヴィア様と共犯で、もう神殿の外部の誰かに訴えたところで無駄だということも察していた。

聖女仲間のサンドラもこの地獄のような生活に限界がきて、一度神殿から逃げ出したもののすぐに連れ戻され、酷《ひど》い罰を受けた。

シルヴィア様の治療ができる聖女でなければ、間違いなく殺されていただろう。

「……う」

やがて限界がきて意識を失いかけた私の身体をシルヴィア様は、床に放り投げる。

もう何が痛いのか分からなくて、ただ目からは涙がこぼれ落ちていく。

「ああああああっ、痛い、いたい……痛い……いやあああああ！」

今もなお苦しみ続けるシルヴィア様の断末魔のような叫び声を聞きながら、床を這いつくばるようにして部屋を後にする。

今もなお意識が飛びそうなくらい辛いけれど、一秒でも早くこの場所から——シルヴィア様のもとから逃げたかった。

「……ティアナの奴《やつ》、必ず、殺してやる……うぐっ、あああああ！」

やがて部屋を出てバタンと扉を閉めても、シルヴィア様の絶叫が聞こえてきて、私は床にへたり込んだまま両耳を塞いだ。

「……うう……ひっく……」

もう、どうしたらいいのか分からなかった。

どうしてこうなってしまったのかも、分からない。

けれどひとつだけ分かるのは、ティアナがいなくなってから全てが変わってしまった、ということだけ。

そして彼女にしていたことがどれほど酷いことだったのかも、今更になって理解していた。

他者からの悪意や暴力を自身に向けられてようやく初めて気付くなんて、どうしようもない。

もしかすると、これはその罰なのではないかとすら思っている。


「……ごめ、なさ……だれか、……たすけて……っ」

掠《かす》れた声で紡いだそんな謝罪も救いを乞う言葉も、誰の耳にも届くことなく、シルヴィア様の叫びにかき消されていった。

第七章✴最後の呪い

夜会での事件から、二週間が経った。

無事にルフィノとイザベラは地下遺跡の呪いを解いて帰ってきてくれて、帝国内はさらに沸き立っている。

「……はあ」

「溜め息なんて吐いていると、幸せが逃げちゃいますよ」

向かいでロッドを丁寧に磨くイザベラは、大袈裟に肩を竦めてみせた。

散歩がてらイザベラの部屋に書類を渡しに来たところ、お茶を飲んでいかないかと誘われ、お言葉に甘えて今に至る。

イザベラはとにかくロッドを大切にしていて、数日に一回は数時間かけて自ら磨くらしい。

「どうせあの侯爵令嬢のこと、気にしているんでしょう?」

「ええ」

「ティアナ様はお優しすぎます。私は終身刑でも良いと思いますよ」

せいせいしたと言わんばかりに、イザベラはふんと鼻を鳴らす。

――夜会での一件によるザラ様の処遇は、禁錮二十年に決定した。

ザラ様が目覚めた後に色々と聴取をしたところ、彼女が身につけていた真っ赤なブローチが呪いの原因になっていたそうだ。

他者から譲り受けたものらしいけれど、そのことを話そうとすると、ひどく苦しみ呼吸ができなくなるのだという。相当強い制約魔法によるものだろうと、報告を受けた。

『皇妃様の化けの皮を剥がすためのもの、とだけ聞いていたそうです』

『……そう』

悪意はあったものの、私の命を狙おうとしたものではなかったこと、彼女自身も被害者であること、そして私からのお願いもあり、かなり減刑される結果となった。

とはいえ、年頃の若い女性が二十年も閉じ込められ罪人として生きていくのだから、とても辛く苦しいものには違いない。彼女ほど輝かしい人生を送ってきたのなら、尚更だろう。

その上、父親であるシューリス侯爵は「自分や侯爵家は無関係だ」「愚かな娘が勝手にしたこと」「勘当する」と娘を簡単に切り捨てたと聞き、やるせない気持ちになった。

「……間違いなく、シルヴィアの仕業でしょうね」

「どうして分かるんですか？」

「同じようになっている人間を何人も見たことがあるもの」

ファロン神殿で何かを訴えかけようとするたびに苦しみ、そして二度と姿を見なくなった者達が大勢いる。

きっとシルヴィアに良いように使われ、消されていったのだろう。

『けれど私、知っているんです』

『何をかしら？』

『――ティアナ様が「空っぽ聖女」だということを』

過去の舞踏会での彼女の発言も、やはりファロン神殿の人間――シルヴィアから直接聞いていたに違いない。

シルヴィアから聞いたのであれば、あれほどの確信めいた様子にも納得がいく。

今はザラ様の父であるシューリス侯爵にも、ファロン王国との関係を含めて話を聞くよう指示してある。

（本当に次から次へと、気が休まらないわ）

やはりシルヴィアをどうにかしなければと、息を吐く。

「そもそもフェリクス様とティアナ様がいなければ、大勢の人が亡くなっていたかもしれないんですからね。命があるだけ感謝すべきです」

イザベラの言うことは、きっと正しいのだろう。

立場上、情けをかけすぎるのも良くないと分かっている。

「ありがとう、イザベラ。心に留めておくわ」

「はい。でもそんなティアナ様が私達は好きなんですけどね」

難しいことは全部フェリクス様に丸投げしちゃえばいいんです、なんて言うイザベラに笑みがこぼれた。

「イザベラ様、いらっしゃいますか」

「どうぞ」

そんな中、イザベラの部屋を訪れたのはルフィノだった。

「ああ、ティアナ様もいらっしゃったのですね。こんにちは」

珍しくシンプルな貴族服の私服を身に纏っていて、今日は休みらしい。

何か大事な用事があるのかもしれない、邪魔になっては困ると慌てて立ち上がると、ルフィノは小さく首を左右に振った。

「ティアナ様にも聞いていただきたい話だったので、ちょうど良かったです。先日、イザベラ様と行った『バルトルト墳墓』についての調査報告書をまとめてきました」

ルフィノは私に書類の束を渡し、イザベラの隣に腰を下ろす。

（……相変わらず、よくできているわ）

ぱらぱらと軽く捲《めく》ってみるだけで、優れたものだと分かった。

先日の地下遺跡に続き、数日前にイザベラとルフィノは最後の呪われた地である『バルトルト墳墓』へ様子を見に行ってくれており、その時のことをまとめたものだという。

——バルトルト墳墓は帝国を建国した初代皇帝が眠る墓で、中央には大聖堂が建っている。

民達もよく訪れて礼拝をし、私達聖女も神殿に入った後、必ず祈りに行く場所でもあった。

だからこそ、この地が「呪い」を受けた際には多くの民達が悲しみに暮れたと聞く。

「正直、様子見と言いつつ、そのまま解呪して帰ってこられたらと思っていたんですが……様子が変だったんですよね」

書類に目を通す私の向かいで、イザベラは大きな溜め息を吐いた。

「変っていうのは？」

「辺り一帯を浄化しようとしても、すぐに元に戻ってしまうんです」

イザベラは結構な魔力を使って頑張ったのにおかしい、と頬を膨らませている。

同行したルフィノから見ても不可解で、特殊な方法が必要かもしれないとのことだった。

（浄化できないならまだしも、すぐに元に戻るなんて……なぜかしら）

最近は皇妃として忙しくしていたものの、やはり一度私も足を運んでみる必要がある。

「その日、同時に調査していた同じ敷地内にある教会も、一瞬呪いが弱まったんです。すぐに元に戻りましたが」

「何もしていない教会も……？」

教会というのはバルトルト墳墓の近くにあり、初代皇妃様が眠っている場所だ。初代皇帝は皇妃を深く愛したと言われており、生前から用意させていたんだとか。

バルトルト墳墓で一箇所の呪われた地という括《くく》りになっているけれど、実際は教会も「呪い」に侵されているため、実際には二箇所の浄化をしなければならない。

「……もしかすると、連動しているのかもしれないわ」

大聖女だった頃に一度、双になっている魔物を倒したことがある。

特殊な魔物で片方を殺しても絶対に死ぬことはなく、二体同時に殺さなければいけなかったため、かなり手こずった記憶があった。

力のある魔物で一体を倒すのにも相当苦労したというのに、本当にきっちり同時に殺すなんて至難の業だった。

(流石の私も魔力が空っぽになって、ルフィノからも魔力をいただいたっけ)

その話をすると、二人もその可能性はありそうだと同意してくれた。

「では一度、通信用の魔道具を繋ぎながら試してみましょうか」

「ええ、イザベラがいてくれるお蔭で同時に浄化することも可能だし、これまでと違って何度でもやり直せるもの」

バルトルト墳墓には魔物が多いものの、近づけないほどではないそうだ。ルフィノやフェリクスがいてくれれば、私達も浄化に集中できるはず。

(けれど、何か嫌な予感がする)

昔から私のこういう勘は当たってしまうため、気を引き締めなければ。

そうしてフェリクスの日程も調整し、最後の「呪い」を解く計画を立てることとなった。

それから一ヶ月後、私達四人はバルトルト墳墓へやってきていた。

フェリクスが多忙でなかなか予定がつかず、当初は私達三人と騎士団と魔法師団で向かおうとしたものの、フェリクスが「絶対に行く」と言って聞かず、今日に至る。

「かなり強い呪いだわ……」

「はい。呪いの元が二つあるくらいですし、これまでで一番かもしれません」

敷地内には赤の洞窟以上の、呼吸さえ躊躇うような濃い瘴気が充満していた。

ここまでは騎士団も同行していたけれど、この地を覆う結界を全員で通り抜けられないこと、この瘴気に耐えうる結界を張りながら戦えるのはルフィノと私達くらいであることにより、少し離れた場所で待機してもらっている。

ルフィノが全員分の結界を張ってくれ、四人で石垣に囲まれた敷地内へと足を踏み入れた。

「……本当に、昔とは変わってしまったのね」

中へ入ってすぐ、そんな言葉が口をついて出た。

以前は初代皇妃様が愛したという花々に囲まれた、とても美しい場所だった。けれど今では全ての草花は枯れ果て、神聖な大聖堂も廃墟のようになってしまっている。

例え「呪い」を解いたとしても、元に戻るまでにはかなりの時間がかかるだろう。

「あの場所は？」

教会から少し離れた場所には、十七年前にはなかった小さな墓地のようなものがあった。

「……僕が以前、作った墓地です。墓地と呼べるほどのものではないのですが」

呪いを受けた当時もこの場所には大勢の人々が訪れていて、多くの命が奪われたと聞く。

瘴気が立ち込めていて彼以外は立ち入れない以上、十分に死者を弔えるはずもない。

ひどく胸が痛みながらも足を止めると、イザベラと共に短い祈りを捧げた。

「では、俺とティアナは大聖堂の方へ向かいます」

「僕とイザベラ様は教会へ向かいますね。どうかお気を付けて」

「あなたたちも気を付けて、絶対に無理はしないで」

「はーい」

ルフィノとイザベラと別れ、フェリクスと共に敷地内の中央にある大聖堂へと向かう。先日の二人の調査によると、呪いの元である小箱は教会と大聖堂の祭壇の上にあったという。

「俺の側を離れないように」

「ええ、ありがとう」

やがてイザベラ達の姿が見えなくなったことを確認した私は、首元に付けている通信用の魔道具へと声をかけた。

「イザベラ、聞こえる？」

《はい、ばっちり聞こえます！　小箱の前に到着して、解呪の準備ができたら連絡します》

「ありがとう、私もそうするわ」

無事に魔道具が使えることを確認した後は、フェリクスと共に大聖堂へ向かったのだった。

大聖堂まで魔物がそれなりにいたものの、フェリクスと協力し、難なく進むことができた。

「魔物が多くないのが気がかりだな」

「ええ、あまりにもここまで順調すぎて不安ね」

四箇所の「呪い」を解いたことで私の魔力は現在、70％ほど回復している。

つまりバルトルト墳墓だけで三割も私の魔力を使用している以上、かなり強い呪いが存在しているはずなのに、どう考えてもおかしい。

ベルタ村では魔物が少ない理由があったけれど、ここにも何か原因があるはず。それが良い方向であれば良いものの、先程からずっと胸騒ぎがしていて落ち着かない。

（驚くほど静かだわ）

小箱が置かれている祭壇の向こう——大聖堂の最奥には、豪華な扉がある。

あの扉の奥に、初代皇帝が眠っていると言われていた。

「……これが呪いの元ね」

小箱の前に立ち、強い瘴気に息を呑む。

やはり呪い自体はこれまでの呪われた地の中でも、最も強い。敷地内にこんなものが二つもあるのだから、この場所の瘴気の濃さにも納得がいく。

それでも今の私は魔力量も十分にあるし、問題はないはず。イザベラだって、かなりの力を持つ素晴らしい聖女だ。

「どうか無理はしないで。何かあればすぐにこの場所を出るから」

フェリクスも察しているようで、心配そうに声をかけてくれる。

私は「大丈夫よ」と笑顔を返すと、その場に解呪用の魔法陣を描き始めた。今回のインクは特別なもので、安全に私の血を抜いた上で聖水と混ぜたものだ。

これまでのものより格段に魔力が伝わりやすく、効率が良くなる。ルフィノと魔法塔の人々が急ぎ開発してくれて、感謝してもしきれない。

ベルタ村の時とは違い時間もあるため、丁寧に細かく描いていく。

無事に描き終えた後は、首元の魔道具に声をかけた。

「イザベラ、こっちは準備を終えたわ」

《私ももうすぐです》

イザベラとルフィノも無事に教会内で準備を進めているらしく、どうかこのまま順調に終えられますようにと、固く両手を握った。

《ティアナ様、準備が終わりました！　いつでも行けます》

「ありがとう。では始めましょうか」

《はい》

イザベラの返事を受け、魔法陣の中心にロッドを立てる。

そしてひとつ深呼吸をして集中し、一気に魔力を注ぎ込んだ。

（……本当にかなり強い呪いね）

流していく魔力を通して、びりびりと呪いが跳ね返ってくるのを感じる。一瞬でも気を緩めてしまえば、こちらが飲み込まれてしまうだろう。

《少しずつですが、確実に解呪はできています。やっぱり二箇所同時に行うことが必要だったみたいですね》

「良かったわ。この調子でいきましょう」

《はい！》

イザベラの方も順調のようで、ほっとする。

私も時間がかかりそうではあるものの、このままいけば問題なく解呪できるはず。いくら強い呪いだとしても、私達がすべきことは変わらない。

「……っ」

やがて身体の節々が痛み、息が苦しくなっていく。

視界の端では、フェリクスが唇を真横に引き結んでいるのが見えた。その悲痛な表情からは私への心配や、解呪に関して何もできない悔しさ、もどかしさが滲み出ている。

（無事に終わらせて「意外と平気だったわ」くらい言って笑ってみせないと）

そうして再び集中し、あと半分程度で終えられると思った時だった。

《ティアナ様！》

魔道具からイザベラの緊迫した声が聞こえてきて、はっと顔を上げる。

「どうかした？」

《いきなり教会の周りから、死体が襲ってきて――》

「――え」

動揺してしまいながらも、魔力を流し続けて解呪を続ける。

フェリクスへ視線を向けると、彼も眉を顰《ひそ》め、剣の柄に手をかけていた。

《ルフィノ様が倒してくださっていますが、教会の周りに埋められていた兵士のアンデッドのようで……ティアナ様も気を付けてください！》

「アンデッドですって？　イザベラ、大丈夫なの？」

《はい、なんとか解呪は続けますから、っきゃあっ！》

爆発音が聞こえてきて通信は途切れ、再びフェリクスと顔を見合わせる。

「一体、何が……」

「とにかくイザベラを信じて、解呪を続け――っ」

そこまで言いかけたところで、前方からドオンという大きな音がして、地面が揺れる衝撃と共に土煙が辺りに広がる。

「ティアナ！」

すぐに目の前にフェリクスが立ち、風を切るように剣を振り、土埃が晴れていく。

やがてカシャン、カシャン、という金属が擦《こす》れるような音が大聖堂内に響く。

鼓動が速くなっていくのを感じながら、音がする方へと視線を向けた私は息を呑んだ。

「――嘘、でしょう」

そこにいたのは、一人の男性だった。

ところどころ錆《さ》びた赤と金の鎧《よろい》、ボロボロの赤いくすんだローブが揺れている。豪華な刺《し》繍《しゅう》が施されており、元は職人が時間をかけて仕上げた最高級のものだったというのが分かった。

そして左胸には、リーヴィス帝国の皇族の証《あかし》である紋章が描かれている。

ひとつに束ねられた腰まである黒い髪が揺れ、光のないアイスブルーの瞳は焦点を失ったように虚ろでくすんでいた。

目の前の人物が何者なのか、すぐに分かってしまった。

そしてそれは、私の目の前に立つ彼も同じだったらしい。

「……アラスター・フォン・リーヴィス……」

震える声でフェリクスが紡いだのは間違いなく、初代皇帝の名だった。

過去に王城で見た姿絵とも、よく似通っている。

何よりその顔立ちも、フェリクスと似ていた。

(まさか、そんなことが……)

想像したくもない最悪の事態に、ロッドを握る手が震える。

ゆっくりとこちらへ近づいてくる男性の背後にある扉は、完全に崩れていた。

その奥では床を埋め尽くすような大量の金銀財宝と、それらに埋もれるようにして置かれた豪奢な棺《ひつぎ》がある。その側には大破した蓋《ふた》があり、棺の中は空だった。

「……っ」

――初代皇帝が、死霊術によって強制的に甦らされている。

そのおぞましい事実に、言葉を失う。

イザベラ達も、皇妃の墓の周りに埋められた兵士の死体がアンデッドとして甦らされ、襲っているのだろう。過去には殉葬者が墓の周りに埋められる風習があったと聞いている。

「どうして、こんな酷いことができるの……」

これ以上に死者を冒涜《ぼうとく》することなど、間違いなくないだろう。

そもそも死霊術なんて、伝承でしか聞いたことがない。仕組みは分からないものの、この地における私の魔力や呪いの力は、彼らを動かすために使われているのかもしれない。

初代皇帝が右手に持っている剣はずるずると引きずられており、床と擦れてギギギという耳をつく嫌な音が鼓膜を揺らす。

左腕と右脚の関節は不自然に曲がっており、顔や手は土気色をしていた。

もしかすると、まともに動けないのかもしれない。初代皇帝が亡くなったのは数百年前で、その肉体だってとうに朽ちているはずなのだから。

そんな期待を抱いた次の瞬間、キイン、という金属と金属が激しくぶつかる音が響いた。

「フェリクス！」

これまでとは全く違う俊敏な動きをした初代皇帝がフェリクスに切り掛かり、即座にフェリクスは自身の剣を引き抜いて受け止めている。

瞬きをする間もなく、またすぐに次の攻撃が繰り出された。剣同士が交差する衝撃で火花が散り、両者が剣を振るうたびに空気が裂ける音がする。

「……やはり、流石だな」

フェリクスは冷静に攻撃を受け止め、すぐに反撃の刃《やいば》を相手へと放つ。

それからも激しい攻防は続き、一振りごとに地面が揺れた。

（あんなの、反則だわ）

アンデッド化している初代皇帝の身には痛覚もなければ「死」という概念も存在しないのだろう。腕が切り落とされても身体の中心を貫かれても、苦しむ様子はなく攻撃を続けていた。

初代皇帝は軍神と呼ばれ、その圧倒的な力によって帝国を統一したと言われている。

それほどの武を誇った人間がアンデッドになった以上、より厄介で強さは計り知れない。

「く……っ」

フェリクスも苦戦を強いられており、身体にできた切り傷からは血が滴り落ちている。

すぐにでも治癒魔法をかけたいけれど、今の私にそんな余裕なんてない。

（とにかく私にできるのは、フェリクスを信じて呪いを解き続けることだわ）

必死に解呪を続けるうちに異常なほど魔力や体力が削られ、呪いの反動で刺すような痛みや苦しみが全身へ広がっていく。

くらくらと目眩がしてきて、もう立っているのがやっとだった。

きつく唇を噛み、必死に堪える。

ここで少しでも押し負ければ、呪いに飲み込まれてしまう。

《ティアナ様、ご無事ですか？》

「イザベラ！」

そんな中、ずっと反応がなかった通信用の魔道具から、イザベラの声が聞こえてきた。

無事だったのだと胸を撫で下ろしながら、すぐに返事をする。

《ルフィノ様のお蔭で、もうすぐ解呪が終わります。そちらはどうですか？》

「こちらも多分、もうすぐ終わるはずよ」

《それなら良かっ――ゲホッ、ごほっ……》

「イザベラ？　大丈夫なの⁉」

《すみません、ちょっと内臓がいくつかやられて、血を吐いてしまっただけです》

私もまだまだですね、なんて明るい声が耳に届いたけれど、本当なら彼女だって言葉を発するだけで苦しくて仕方のない状態に違いない。

けれど、ここで「もういい」なんて言えるはずがなかった。聖女として、仲間としてイザベラを信じ、必ず今ここで呪いを解くほかない。

《最後は同時に思いっきり魔力、流し込みましょう！》

「ええ、分かったわ」

こんな時でも明るく前向きなイザベラに、元気付けられる。

本当に本当に、あと少し。

最後の力を振り絞り、イザベラの「いきます」という声に合わせて、ありったけの魔力をロッドを通して魔法陣へと注ぎ込む。

（――これで終わりよ！）

そして強く祈った瞬間、ぱっと空気が澄み渡ったのが分かった。

呪いが無事に解けたのだと悟った瞬間、全身の力が抜け、その場にへたり込んでしまう。

「はあっ……はあっ……」

あれほどあった魔力はもうほとんど空っぽで、身体のあちこちが軋むように痛む。

《や、やり、ましたね……もう、限界です……》

「……ええ……」

お疲れ様という言葉すら発するのも苦しくて、必死に呼吸を繰り返しながら床に倒れ込む。

イザベラも無事なようで、安心して目を閉じた。

体中が熱くて、ひんやりした床の感触が心地よく感じる。

「ティアナ！」

やがて初代皇帝を倒したらしいフェリクスが駆け寄ってきて、私を抱き上げてくれた。

顔や腕、身体にまで切り傷ができていて、服のあちこちに血が滲んでいる姿からは、かなり苦戦を強いられたことが伝わってくる。

小さく震える右手を彼にかざし、治癒魔法を使う。解呪で魔力は一旦使い切ったものの、呪いに使われていた残りの30％ほどの魔力が戻ってきていた。

「すぐに、治すから」

「俺は大丈夫だよ。だから身体を休めてほしい――と言っても聞かないんだろうね」

「ええ」

諦めたように笑いながら「ありがとう」と言うフェリクスは、私のことをよく理解してくれている。これほどの怪我《けが》をしているフェリクスを放置して休むなんて、できるはずがない。

むしろあんな相手に勝利してみせた彼の強さに、なぜだか少し笑ってしまう。

「あなたって、本当にすごいのね」

「……それはこちらのセリフだよ」

そんな私を見てフェリクスも安堵したように眉尻を下げると、柔らかく微笑んでくれた。


「あーもう疲れました、本当に！　今日から一週間は寝て過ごします！」

王城へと向かう帰路にて、ぐったりと馬車の椅子に身体を預け、手足もだらりと脱力したイザベラは半ば叫ぶようにそう言ってのけた。

一国の王女であり聖女とは思えない姿に、隣に座るルフィノも苦笑いを浮かべている。

けれど普段はきっちりとした彼女がこれほど気を抜くくらい、疲れ果てているのだろう。

──フェリクスの治療をして少し休んだ後は初代皇帝の遺体を棺の中へと運び、しばらく祈りを捧げた。

遺体はかなり損傷してしまい、胸が痛んだ。

今はなんの道具もないため祈る以上のことはできなかったけれど、後日改めてこの場へ来て、しっかりと埋葬し、今度こそ静かに眠りについてほしいと心から思う。

その後はフェリクスに抱き上げられて運ばれながら、最後の力を振り絞ってバルトルト墳墓内に残る瘴気を浄化して回った。

そして途中、ルフィノに背負われて運ばれながら同じく浄化をしていたイザベラと鉢合わせした時には、四人で顔を見合わせて笑ってしまった。

イザベラは潤沢な魔力を持っていることで、自身へ治癒魔法をかけることもできたらしく、身体には問題がないようで安堵した。

彼らを襲っていたアンデッドも、解呪を終えてしばらくすると動かなくなったという。中には初代皇妃の遺体もあったらしく、私達同様に一旦、棺の中に安置したそうだ。

（……こんなこと、絶対に許せないわ）

無事に浄化を終えた後は待機していた騎士達を呼び、この場の後片付けをお願いした。

「お疲れ様、本当にありがとう。イザベラがいなければ絶対にこの呪いは解けなかったわ」

バルトルト墳墓の呪いは二箇所同時に解呪する必要があったため、私一人では絶対に解くことはできなかった。

聖女がとても貴重である今、他国にいくら頼んだところで、帝国の「呪い」を解くために派遣してくれる国など存在しないはず。

自ら反対を押し切って来てくれたイザベラには、いくら感謝してもしきれない。

それに「もう一人、頼れる聖女がいる」という事実は、私をとても安心させてくれていた。

「ああ、心から感謝するよ。俺にできることならなんでもするから、言ってほしい」

「はい。素晴らしい聖女であるイザベラ様に、僕からも感謝申し上げます」

「そ、そんな……みなさんやめてください！　私が好きでしたことですし！」

フェリクスやルフィノも同じ気持ちのようで、深く頭を下げ、イザベラに深い感謝の言葉を伝えている。

イザベラは慌てて身体を起こすと、両手を振って顔を上げるようお願いしていた。

「王城に着くまでまだ時間はありますから、どうかゆっくり休んでください」

「はい。ありがとう、ございます……」

ルフィノが上着をそっとイザベラにかけてあげてすぐ、目を閉じた彼女からは規則正しい寝息が聞こえてきた。

眠りに落ちるあまりの速さと幼さの残るあどけない寝顔に、笑みがこぼれる。

「ふふ、本当に疲れていたのね」

「とても頑張ってくださいましたから」

ルフィノ達を襲ったアンデッドは個の強さはそれほどではなかったものの、とにかく数が多く教会内を埋め尽くす勢いで苦戦したという。

聖女であった皇妃も攻撃魔法には特化していなかったため、なんとか倒せたそうだ。

イザベラも相当恐ろしい思いをしただろうに、気を強く持って解呪を続け、本当に素晴らしい働きをしていたと話してくれた。

（ルフィノの言う通り、イザベラは心の美しい素晴らしい聖女だわ）

目が覚めたら再びお礼を言って、たくさん褒《ほ》めてあげたい。

そんなことを考えていると隣に座るフェリクスは膝に両肘を突き、手で目元を覆った。

「……これで本当に、全ての呪いが解けたんだな」

表情は見えないものの、噛み締めるような小さな掠れた声に、胸が締め付けられた。

彼がどれほど帝国のために心血を注いできたのか、私には想像もつかない。

これからも民だけでなく、彼も穏やかに暮らしていけるような国を作るため、私ができることはしていきたいと心から思う。

「ありがとう、フェリクス」

「ティアナのお蔭だよ。ありがとう」

そう言ったフェリクスの笑顔はとても清々しくて、明るいもので。つられて私も笑顔になってしまいながらも、視界がぼやける。

「ルフィノ様も本当に、ありがとうございました」

フェリクスはルフィノに向き直ると、深く頭を下げた。

「どうかお顔を上げてください。陛下がこれまで尽力されてきたからこそです」

「……何度も心が折れかけた時だって、いつも支えてくれたのはあなたでしたから」

フェリクスとルフィノの間には、私の知らない絆があるのだろう。

ルフィノがそっと肩に手を置くと、フェリクスのアイスブルーの瞳が揺れた。

「ティアナも疲れただろう。どうか休んでほしい」

「もちろん二人もね。みんな疲れているはずだもの」

「そうですね。僕もくたくたです」

「ルフィノは全くそう見えないからすごいわ」

大好きな人たちと心から笑い合いながら、私は窓の外に広がる愛おしい景色を眺め続けた。


翌朝、フェリクスによって「全ての呪いが解けた」と国内外に知らされ、帝国内は歓喜に包まれていた。

民達はみな心から安堵し、大いに沸き立っているそうだ。

王城内も喜びに包まれており、顔を合わせる度に誰もが涙ながらに感謝してくれて、つられて私も何度も泣きそうになってしまっていた。

「ほ、本当に、本当にありがとう、ございます……」

中でもバイロンの号泣っぷりは群を抜いていて、フェリクスも困ったように微笑んでいた。

きっとずっと誰よりも側でフェリクスの苦労や努力を見て、支えてきたからこそ、喜びもひとしおなのだろう。

「これほど素晴らしい、偉業を成し遂げてくださった聖女様に……私はなんてことを……この舌を切り落としてお詫びを……！」

「もう、気にしていないから大丈夫よ」

その上、私が帝国に来たばかりの頃の態度をいたく悔やんでいるらしく、仕方のないことだったと説得するのにかなりの時間を要した。

マリエルやメイド達もみんな心からの笑顔を見せていて、本当に良かったと私も一日中、幸せな笑みがこぼれ続けていた。

それから数日は私もフェリクスも恐ろしく多忙で、顔を合わせる暇もないほどだった。

バルトルト墳墓の事後処理や再度の埋葬はもちろん、今後はこれまで呪いを受けた地の復興も改めてしっかり進めていくつもりだ。

これまで帝国を見下していた近隣諸国も、揃って手のひらを返して祝意を表する書簡を送ってくるものだから、二人で苦笑いを浮かべながらも対応を続けた。

呪いを受けるまではリーヴィス帝国はこの大陸で最も栄えていたし、フェリクスという優れた皇帝が統治している以上、帝国はより発展していくと誰もが思っているのだろう。

ルフィノも二度と悲劇が起こらないよう、魔法塔を率いて呪いの研究を続けながら、被害を受けた地の復興にも力を入れていくそうだ。

一方、イザベラは「数日ひたすら眠る」という言葉通り、一日中部屋で寝て過ごしては、時折起きて食事をしてまた眠るという生活をしているらしく安心した。

とにかく今はゆっくりと身体を休めて、また元気な明るい笑顔を見せてほしい。

そして今回、大活躍してくれた彼女のことも帝国内だけでなく国外にも広く伝わっていて、心優しく美しい聖女だと評判なんだとか。

『最高の夫を迎えるためにも、評価を上げておかないと！』

以前そう語っていた彼女の素晴らしさについては、私も今後さらに広めていきたいと思う。

そうして一週間が経った晩、寝る支度を終えた私はフェリクスの部屋を訪れていた。

彼も今日は早めに仕事を終えるから、一緒に過ごそうと誘われていた。

「はあ……疲れた」

ぼふりと柔らかなソファに腰を下ろすと、どっと全身への疲れを感じる。

聖女としてバルトルト墳墓で限界まで魔力を使った翌日から、ひたすら皇妃としての仕事をしていたのだから、当然だった。

フェリクスはそんな私を労うように、そっと頭を撫でてくれる。

「お疲れ様。ティアナのお蔭でようやく落ち着いたよ」

「私なんてフェリクスの半分も働いていないわ。あなたの体力、どうなっているの？」

大聖女だった頃、書類仕事や外交に関わることも少なくなかった。その時の経験を生かしてなんとかこなしていたけれど、フェリクスの働きとは比べ物にならない。

それでいて一切疲れた様子も見せないのだから、流石としか言いようがなかった。

（本当、どこまで完璧なのかしら）

同じく完璧な顔をじっと見上げていると「そんなにかわいい顔で見つめられると照れるな」なんて言われてしまい、慌てて顔を逸らした。

「そういや、今週末の祭りの準備も順調だよ」

「それなら良かったわ」

無事に全ての呪いが解かれたことで、王都では大規模な祭りが開かれることになった。

今週末の二日間行われるそうで、準備段階でも賑わいが王城まで伝わってくる。

城内に務める者たちも参加できるようフェリクスが計らったそうで、みんな浮き足立っているようだった。

食堂での夕食を終えてフェリクスの部屋に来るまでの間も、すれ違う人々の表情は普段よりも明るく見えて、つられて笑顔になった。

「ふふ、みんな心から楽しみなのね」

「ああ。こうして何かを祝うような催しも十五年ぶりだから」

呪いによって大勢の人々が命を落としてからは私達の結婚式以外の祝い事は自粛しており、子どもたちは特に初めてのお祭りに胸を弾ませているそうだ。

(……本当に、本当に良かった)

全ての呪いは解けたものの、まだ被害を受けた土地の回復には時間がかかる。聖女として、皇妃としてできる限りのことをしていきたいと思っている。

そして誰もが未来に希望を持ち、幸せに暮らせる国にしていきたい。

「そういえば私、実は前世も今世もお祭りって行ったことがないのよね」

元々の私は箱入りの伯爵令嬢であまり外出したことがなく、十二歳で神殿に入ってからはひたすら修行や仕事に明け暮れていた。

年に一回の建国祭は大聖女としてパレードに少し参加するのみで、私が普通に見て回っては大騒ぎになるからと周りから強く止められていたのだ。

「それなら一緒に行こうか」

「えっ？」

何気なく過去を思い出していると、フェリクスはなんてことないようにそう言ってのけた。

「行きたいんだろう？」

「どうして分かったの？」

「声と表情で分かったよ。ティアナは分かりやすいから」

「…………」

そんなに分かりやすかっただろうかと恥ずかしくなりつつ、行ってみたいのは事実だった。

「でも、私達が一緒に行くなんて迷惑じゃないかしら？」

皇帝や皇妃である私達が参加しては、みんな気を遣って心から楽しめないはず。

そう話すと、フェリクスは「大丈夫」と微笑んだ。

「ただの一市民として参加すればいい。俺もよく、そうして市街を見て回っていたから」

「そうなの？　あなたが？」

フェリクスはこれまで定期的に平民の格好をして、少数の護衛と共にあちこちを見て回っていたという。バイロンは危険だと言って、常に反対していたらしいけれど。

「立場や扱いは変わってしまうだろうけど、ティアナがそれでも構わないのなら問題ないよ」

「むしろ嬉しいし、ぜひ行きたいわ！」

つい前のめりになって大きな声を出してしまい、フェリクスにくすりと笑われる。

けれどずっと憧れていたことが叶いそうで、つい心が弾む。

「良かった。じゃあ、最終日に二人で回れるよう手配しておく」

「ありがとう、フェリクス」

最近もずっと忙しいだろうに、フェリクスはそんな素振りは一切見せず、気遣ってくれる。

私ももっと彼のためにできることをしていきたいと、心から思う。

「デート、楽しみにしてる」

「で……」

「デートだよね？」

これまで縁のなかった慣れない言葉に動揺してしまう。

呪いを解くことを最優先にしてきたため、フェリクスと夫婦になり、それから両想いになっても二人でどこかへプライベートで出かけるということは一度もしていなかった。

立場を考えれば仕方のないことだし、疑問を抱くことはなかったものの、普通に考えると少し寂しい関係だったかもしれない。

そして『想い合う二人が一緒に出かけるのはデート』だと、前世の侍女たちがいつも言っていたことを思い出す。

「そうね、デートよね。私、初めてだわ」

「良かった。俺もだよ」

全てがスマートで余裕に溢れたフェリクスも、私――エルセが初恋で何もかも初めてだと思うと嬉しく感じてしまう。

そんな気持ちになるたび、フェリクスのことが男性として本当に好きなのだと実感する。

「……好きよ、本当に。すごく好き」

バルトルト墳墓で危険な状況に陥った際、こうして穏やかに一緒にいられる時間は当たり前ではないのだと改めて思い知った。

(伝えられるうちに、なんでも伝えていきたい)

とはいえ、突然の告白にフェリクスは驚いた表情を浮かべている。

冷静になると恥ずかしくなってきて、再びお祭りの話題を振ろうとしたところ、フェリクスは手で自身の口元を覆った。

「……嬉しい、ありがとう。俺だってティアナが好きで仕方ない」

隠れていない頬のあたりはほんのり赤く、噛み締めるように何度も「嬉しい」と繰り返す姿が愛おしくて、胸が高鳴る。

かわいいと口元が緩んだのも束の間、フェリクスは二つの碧眼をこちらへ向けた。

「これからもティアナの初めては、全部俺がもらうから」

「ぜ、全部……？」

「ああ。あますことなく、全部」

彼がなんのことを言っているのかは、流石に分かる。どう返事をして良いものか動揺し悩んでいると、フェリクスは突然立ち上がり、私の身体を軽々と抱き上げた。

「ひゃっ……!?」

突然のことに戸惑う私を他所《よそ》に、そのままベッドへと向かっていく。

そしてベッドに降ろした私をそっと押し倒すと、フェリクスは綺麗に口角を上げた。

毎日のように顔を合わせていても、直視できないくらいに美しい。

「……っ」

ごくりと息を呑んだのも束の間、唇が重なる。

フェリクスも私が初めてだとは思えないくらい、自然で上手で、未だに呼吸すら上手くできない私とは大違いだった。

(ま、まさか「全部をもらう」って、今なの……!?)

確かに以前言っていた「全ての呪いを解いたら」は達成しているけれど、心の準備だとか色々なものがまだできていない。

頭の中がパンクしかけて、私は両手でぐっとフェリクスの胸元を押した。

「ま、待って」

「何を？」

「そ、それは……その……」

笑顔のフェリクスは、絶対に分かっていて聞いている。

意地が悪いと目で訴えかけると、やがてフェリクスはふっと笑った。

「ごめんね、大丈夫。何もしないよ。今日は」

今日「は」を強調したフェリクスは、動揺する私の目元に軽くキスを落とす。

「たまにはただ一緒に眠りたいなと思って。夫婦なんだからこれくらいはいいよね？」

勘違いしてしまった自分が恥ずかしくなったものの、今の会話の流れでは仕方ないと思う。

限界を超えた私は足元にあった毛布を被ると、フェリクスに背を向けた。

「さ、さっさと寝ましょう！　おやすみ！」

「ははっ、かわいい。ティアナのこんな姿、俺しか見られないと思うと嬉しいな」

ぎゅっと毛布越しに抱きしめられ、小さく縮こまる。

そうして目を閉じたものの、夫婦としてこの状況もどうなのかと思ってしまった。

フェリクスは私に合わせてくれているだけで、普通の想い合う夫婦ならもっとスキンシップだってするはず。

「……次はもう少し頑張るから、嫌いにならないでね」

少し不安になって毛布から少し顔を出してそう声をかけると、フェリクスは小さく笑う。

「ありがとう。俺はティアナのそういう素直でかわいいところが好きだよ」

もう一度私の目元にキスを落とし、フェリクスは灯りを消す。

毛布越しに温かな温もりを感じながら、もう少し大人の女性を目指そうと誓ったのだった。

お祭りの当日、マリエルに身支度をしてもらって全身鏡の前に立つと、平民の町娘の姿をした自分と目が合った。

「すごいわ！　どこからどう見ても皇妃には見えないもの」

「ティアナ様、とてもかわいらしいです。どんなものでもお似合いになりますね」

マリエルは両手を組み、きらきらと瞳を輝かせている。

明るいミントグリーンのかわいらしいワンピースの上に、白地に小花の刺繍がされたエプロンが巻かれ、二つに結ばれた髪の上には服装に合わせた帽子がのっていた。

（本当にかわいい、それにこんなにも軽いのね）

貴族のドレスも華やかで素敵だけれど、平民が着るワンピースもとてもかわいくて、実は昔から一度着てみたかったのだ。

その上、これからフェリクスと二人で遊びに出かけるのだと思うと、楽しみで仕方ない。

ついつい浮かれてしまう気持ちを抑えようと息を吐くと、ノック音が響いた。

「ティアナ、準備はできた？」

「…………」

そうして部屋に入ってきたフェリクスの姿を見て、私だけでなく少し離れた場所にいるマリエルも言葉を失っていた。とはいえ、当然の反応だと思う。

「ティアナ?」

「じ、準備はできたけれど……」

「その服装もとてもかわいいね。よく似合ってる」

フェリクスは結んだ私の髪に触れて褒めてくれているけれど、それどころではなかった。

(ほ、本当にこれまで一度もバレなかったの……?)

フェリクスは私の服装と少し色を合わせた平民服を身に纏い、変装用の眼鏡までかけているけれど、そのずば抜けた美貌と高貴なオーラは全く隠せていない。

誰がどう見ても平民だとは思わないし、上位貴族のお忍び辺りだと察するはず。

これまでの視察も問題なかったとフェリクスは言っていたけれど、誰もが見て見ぬふりをしていたに違いない。

とはいえ、まさか皇帝とまでは気付かないだろうと信じて、差し出された手を取る。

「行こうか」

「ええ、楽しみだわ」

フェリクスも私も大抵のことからは自分を守れるため、基本的には二人きりにしてもらい、護衛は少し離れた場所に待機してもらうことになっている。

そして私達は王城の裏口から抜け出して、王都の街中へと向かったのだった。

「わあ……人と物でいっぱいね！」

初めて間近で見るお祭りはとても賑やかで華やかで、感嘆の声が漏れた。

大勢の人々が行き交い、様々な出店が所狭しと並んでいる。見たことのない食べ物や雑貨、珍しい生き物までも並んでいて、ただ見て歩くだけでも楽しい。

慣れた様子で歩いていくフェリクスに手を引かれ、人混みの中を歩いていく。

「何か食べたいものや気になるものはある？」

「……強いていうなら、全部？」

「ははっ、それは忙しくなりそうだ」

フェリクスは楽しげに笑うと、慣れた様子で案内してくれる。

屋台で買ったものを二人で分けて食べたり、お揃いのストールを買ったり、広場の中心にある舞台で披露されている踊りを見たり。

何もかもが新鮮で楽しくて、私はずっと笑っていた。

「楽しめてる？」

「ええ、とっても！　年甲斐もなくはしゃいでしまっているもの」

「良かった」

満面の笑みで隣に立つフェリクスを見上げると、ひどく優しい笑みを浮かべ、こちらを見ていることに気が付いた。

愛しさや優しさに満ちた表情に、胸が高鳴る。

「行きたい場所があればどこだって一緒に行くし、欲しいものがあるのなら手に入れる」

だからどんな些細《ささい》なことでも言ってほしいと、フェリクスは微笑んだ。

きっとフェリクスは前世も今世も自由がなかった私を、気遣ってくれているのだろう。

「──俺はティアナに一人の女性としてもっと自由に、幸せに過ごしてほしいんだ」

その笑顔や言葉に胸がいっぱいになって、視界が揺れる。

私自身ですら聖女として生まれてきた以上、仕方のないことだと諦めていたというのに。

こんな風に言ってくれる人なんて、これまでの私の人生にはいなかった。

「……どうして、そんなに良くしてくれるの」

俯いた私の声ははっきりと分かるくらい、震えていたと思う。

フェリクスは歩みを止め、こちらに向き直った。

「俺はあなたから、数えきれないほどのものをもらったから」

繋がれていた手を宝物に触れるみたいに、両手で包まれる。

ゆっくりと顔を上げると、私をまっすぐに見つめるフェリクスと視線が絡んだ。

「これからは俺がどんな願いも叶えてみせるよ。世界で一番幸せにする」

「……っ」

──フェリクスは、いつだって何よりも私のことを考え、大切に思ってくれている。

「ありがとう、フェリクス」

それだけでもう私は十分幸せだと思いながら、大きくて温かな手を握り返した。

その後も二人で手を繋ぎながら楽しく見て回り、あっという間に日は暮れていった。

みんな心配するだろうし明日もお互いに仕事があるため、後ろ髪を引かれながらも王城へと戻ることにした。

まるで普通の町娘になった気分で立場も忘れ、フェリクスも私も気兼ねなく心から楽しめたように思う。

何より民達と同じ目線で関わり話をして、改めて帝国の民達が大切で大好きで幸せにしたいと強く感じた一日でもあった。

「今日は本当にありがとう。とても楽しかったわ」

「良かった。俺も楽しかったよ」

なんだか離れがたくて、もう少しだけ一緒に過ごそうという話になり、そのままフェリクスの部屋へやってきた。

少し開いた窓からは外の賑わいが聞こえてきて、手を繋いだままバルコニーへ出る。

「……すごく綺麗ね」

「ああ」

夜空の下、多くの灯りに照らされた街は本当に美しくて、感嘆の溜め息が漏れた。

このままずっと平和な日々が続いてほしいと心から思う。

(でも、まだ終わりじゃない)

諸悪の根源であるシルヴィアは、まだ倒していない。全ての呪いが解けたことで、彼女も黙ってはいないはず。

この先、きっとこれまでで最も厳しい戦いが待っているだろう。けれど今日だけは、楽しかったこの余韻に浸っていたい。

「ねえ、フェリクス。来年も一緒に行きましょうね」

繋いでいた手をきゅっと握りしめると、フェリクスもまた優しく握り返してくれる。

「もちろん。この先、いくらでも」

柔らかく目を細めたフェリクスにつられて微笑みながら、今の幸せを噛み締めた。

第八章✴優しい思い出

全ての呪いが解けてから二週間が経った、ある日の夕方。

なぜか私は現在、イザベラと二人きりで薔薇の花びらが浮かぶお風呂に入っていた。

「あまり見ないでちょうだい」

「ふふ、ティアナ様は恥ずかしがり屋さんですね。そんなにスタイルがいいのに」

――なぜこうなったのかというと、イザベラが明日デラルト王国に帰ることとなり「なんでもお願いを聞く」と言ってしまったからだ。

その結果、今日はイザベラの望みを叶えることになり、朝食を一緒に食べ、二人で街中に買い物へ行き、昼食もお洒落なカフェで共に食べて、午後からは王城内を散歩したりお茶をして過ごし――とにかく一日中一緒にいて、今に至る。

それでもまさかお風呂まで一緒だとは思わず最初は断ったものの、どうしてもとお願いされて折れてしまった。

「ティアナ様に洗ってもらうの、気持ちいいです」

「本当？　誰かの髪を洗うなんて初めてだけど、良かったわ」

「皇妃様にこんなことをしてもらうなんて、本当ならものすごーく怒られるんでしょうね」

楽しげに笑うイザベラの美しくて長い金色の髪を、丁寧に泡立てていく。

きっと二度とない経験だと思いつつ、意外と楽しくて集中してしまう。イザベラも気分がいいのか鼻歌を歌っていて、かわいいなと笑みがこぼれた。

「なんだかこうしていると、妹ができたみたいだわ」

「本当ですか⁉」

何気なくそう言った途端、イザベラはぐるんと振り向く。

その瞳は歓喜に満ちていて「嬉しいです！」と抱きつかれた。

「ど、どうしたの？」

「ふふ、なんでもありません」

くっついてくるイザベラがくすぐったくて、身を捩《よじ》らせるたびに浴槽のお湯がばしゃばしゃと床にこぼれていく。

私がくすぐったさに弱いと気付いたらしいイザベラは悪戯っぽい表情を浮かべると、今度は脇腹のあたりを両手でくすぐり始めた。

「ちょ、ちょっと、どこ触って……！」

「ティアナ様ってどこもすべすべですね」

「イザベラってば！　ふふ、やだ、あははっ！」

そうして私達が上がる頃には浴槽のお湯は半分以下になっていて、二人してくしゃみをし、顔を見合わせて笑ってしまったのだった。

お風呂から上がってからも、イザベラは私にべったりだった。

「ねえティアナ様、髪の毛を乾かしてほしいです」

「もちろん、任せて」

私もこうして甘えられるのは新鮮でかわいくて、ついついなんでも聞いてあげてしまう。

それにイザベラも外では王女、そして聖女として凛《りん》とした態度で振る舞っているし、肩の力を抜いて過ごす時間も大事だろう。

私もフェリクスの前ではただの「ティアナ」として立場や身分を忘れて、自分らしくあれる時間に救われているのだから。

やがて夕食の時間になり、手を繋いで二人で食堂へ向かう。

今日はイザベラが帝国に滞在する最終日ということもあって、フェリクスとルフィノと四人で豪華な晩餐をすることになっていた。

既に食堂にはフェリクスとルフィノの姿があり、いつもの席につく。

それからはイザベラが好きだというワインで乾杯をして、食事を始めた。

「ルフィノ様って苦手な人とかいるんですか？　誰に対しても優しくて笑顔ですし」

「やけに声が大きな人や、誰かを悪く言うような人は苦手です」

「なるほど。何か上手く隠すコツとかあるんですか？　私、結構顔に出るので」

「コツと言ってはなんですが、僕の場合――……」

イザベラとルフィノは兄と妹みたいで、なんだか微笑ましい。

二人の様子にほっこりしながら食事をしていると、フェリクスから視線を感じた。

「今朝とは髪型が違うんだね」

「ええ、実はもうお風呂に入ったの」

「私、ティアナ様とお風呂に入ったんですよ。たくさんくっついちゃいました」

私達の会話を聞いていたらしいイザベラは、ワイングラスを片手にふふんと口角を上げる。

「げほっ、ごほっ」

思わず咳《せ》き込む私と、苦笑いを浮かべるルフィノ。

そしてフェリクスは「は？」とあからさまに不機嫌になっていて、イザベラはより楽しげな表情を浮かべた。

「今日はずーっと一緒にいたし、夜は一緒に眠る約束もしたんです。羨ましいでしょう？」

「…………」

無表情・無言のフェリクスと、彼を嘲笑《あざわら》うイザベラ。

（こ、これは……もしかしなくても……）

イザベラはフェリクスに対し、マウントをとっている気がしてならない。

だんだんと雲行きが怪しくなっていき、何か別の話題をと口を開こうとしたのだけれど。

「ねえイザベラ、このパンが――」

「私ね、フェリクス様がいつもエルセ様を連れていくの、本当に腹立たしかったのよね」

「えっ」

「自分はエルセ様の一番弟子で最もかわいがられていて優先されるべき、っていう気持ちが透けて見えるのも不愉快で仕方なかったわ」

「あ、あの……？」

突如、十七年以上も前のことに対して低い声でフェリクスに文句を言い始めたイザベラに、戸惑いを隠せなくなる。

とにかくイザベラに対しては落ち着くよう宥《なだ》めつつ、いつも冷静なフェリクスならきっと気にせず、笑って流すだろうと思っていたのに。

「──俺もイザベラが来てから、エルセとの時間が減って不愉快だったけどね」

「えっ」

「自分の方がエルセの弟子として出来がいいと鼻にかけているところも、同性だからってわざとらしく触れているのも苛立ったよ」

「ええと、えっ……？」

まさかのまさかでフェリクスも臨戦態勢という展開に、冷や汗が流れる。

過去、二人はエルセの前ではいつだって仲良しという顔をしていたし、お互いにそんな不満を持っていたなんて想像すらしていなかった。

だからこそ、二人が結婚の約束をしていたという話も気にしてしまったのだ。

「はっ、どの口がそう言うんです？　できないことを言い訳に長時間一緒にいたくせに」

「弟子が師匠に教えを乞うのは当たり前のことだろう」

フェリクスとイザベラの謎の口論はエルセへの愛情からくるものだろうから、気持ちはすごくすごく嬉しい。

けれど今も昔も大切な二人に言い合いをしてほしくないし、どうにか気持ちを尊重しつつ止める言葉を必死に考えていると、先に口を開いたのはルフィノだった。

「お二人とも落ち着いてください、彼女が困ってしまいますよ。どちらもエルセのことを大事に想っていたのは伝わっているでしょうし」

「ル、ルフィノ……！」

いつも二人はルフィノの言うことは聞いているし、救世主だと胸を打たれたのも束の間、フェリクスとイザベラはきっとルフィノを睨んだ。

「そもそも私はルフィノ様が誰よりも妬ましかったんです！　いつもエルセ様に頼られて、支えてあげる力もあって大人で、一番良いポジションでしたよね」

「ああ。俺も同じ気持ちだった」

「やっぱり？　お二人が一緒にいると、入り込めない世界もありましたよね？」

「分かる。自分が空気になった気さえした」

「………………」

なんと今度は仲裁に入ったルフィノへ飛び火してしまい、フェリクスとイザベラが共感し合うという急展開を迎えた。

困惑する私とは違い、ルフィノは変わらず穏やかな笑みを浮かべている。

「そうですか？　僕は仕事を通じての関わりが多かったので、エルセと気軽に関われるお二人が羨ましかったですよ。結局みんな、ないものねだりだったということでしょうね」

「…………」

「…………」

綺麗にまとめた後、ぱんと軽く両手を叩き「食事が冷めてしまう前にいただきましょう」と微笑む大人なルフィノに、二人はぐっと黙り込む。

その姿はなんだか子どもの頃と重なって見えて、思わず笑みがこぼれた。

「ふふ、ありがとう。懐かしくて嬉しくて、温かい気持ちになったわ」

エルセ・リースはこんなにも愛されていたのだと、改めて知ることができたのだから。

私がにこにこしてしまっていると、つられたようにイザベラもふっと笑う。

「言いたいことが言えてスッキリしました。これでもう不満はありません」

「ああ、そうだな」

フェリクスも目を伏せながら微笑んでいて、胸を撫で下ろした。

「イザベラはデラルト王国に戻ってから、どうするつもりなの？」

「そうですねえ……聖女としての仕事をしつつ、結婚相手を探そうと思います。今の私ならよりどりみどりでしょうし、お父様が妙な相手を決める前に良い男性を見つけないと」

当然のようにそう言ってのける、自信に満ち溢れたイザベラは素敵だと思う。

どうかイザベラに良い出会いがありますようにと、祈らずにはいられなかった。

それからは四人でお茶をして、イザベラと私の部屋にてベッドに入った。

ちなみに転移魔法陣の前で別れる際、フェリクスが「妙なことはするなよ」と念を押して、イザベラに笑われていた。

「こうして誰かと眠るなんて、子どもの頃以来です。今日はたくさん我《わ》が儘《まま》を聞いてくださってありがとうございました。ティアナ様とたくさん一緒に過ごせて嬉しかったです」

「私もよ。ありがとう」

今日一日、イザベラのお蔭で本当に楽しかった。くだらないことで笑ってはしゃいで、普通の女の子になったみたいだった。

イザベラは私の背中に腕を回すと、ぽすりと胸元に顔を埋める。

「……ティアナ様、最初にたくさん酷い態度をとってしまってごめんなさい」

「ううん、気にしていないわ」

「ルフィノ様から聞いたんです。ティアナ様はずっと私は良い子だから大丈夫だ、いつか分かってくれるって言っていたって。それがとても嬉しくて、罪悪感が止まらなくなって……」

「もういいの。それくらいエルセを大切に思ってくれていたってことでしょう?」

声を震わせるイザベラの背中に、私もそっと腕を回した。イザベラは反省しているし、もう二度と誰かを傷つけたりはしないだろう。

「……帰りたくない、なあ」

そう呟いた彼女の肩は震えていて、泣いているのだと分かった。

――イザベラ自身は「まだ帝国にいたい」「最後まで一緒に戦いたい」と言ってくれた。

けれど既に「呪い」は解けたと国内外に伝わり、彼女を心配するデラルト王国側からも早く帰ってくるよう催促がきている。

それと同時に、ファロン王国からも一通の手紙が届いた。

『……神殿への招待？　白々しいにも程があるわ』

シルヴィアから私へ宛てた手紙には、神殿へ私を招待したいということが綴《つづ》られていた。

五年に一度、ファロン神殿ではアンヘリカの祝祭という、女神へ祈りを捧げる催しがある。

その際に親交のある国の聖女を招くことはあったけれど、あんな形で追い出し、殺そうとした私を招待するなんて裏がないはずがない。

『ティアナはどうしたい？』

『行くわ。罠だとしても、堂々と神殿に行ける機会なんて逃《のが》せないもの』

『そうだね、俺も受けるべきだと思う』

もちろんフェリクスだってそれを理解した上で、同じ答えを出していた。

話し合いを重ねた結果、護衛を引き連れていくものの、私たち二人がファロン王国へ向かい、何かあった際に国を守る要として、ルフィノには帝国へ残ってもらうことになった。

『どうしてですか？　私だってお役に立てます！』

イザベラにも全てを話したところ、彼女も一緒にファロン神殿へ行くと言ってくれた。

けれど私は感謝の言葉をしっかりと伝えた上で、ここから先は私達に任せてほしいとイザベラに話し、彼女もそれを分かってくれた。

(元々、他国の王女であるイザベラがここまでしてくれたこと自体が奇跡だもの)

華奢なイザベラの身体を抱きしめ、柔らかな金髪を撫でる。

「いつだって会えるし、今度は私がデラルト王国に行くから待っていてね」

「……はい」

「大好きよ、イザベラ」

「わ、私の方が絶対に好きです」

フェリクスと同じことを言う彼女に、やはり二人は似ていると笑みがこぼれる。

涙を流すイザベラの背中を撫でながら、私も彼女が愛おしくて別れが寂しくて、目の奥がじんと熱くなるのを感じていた。


そして翌朝、私はフェリクスとルフィノと共にイザベラの見送りへとやってきていた。

「フェリクス様ってば、お礼の品が多すぎます。お蔭で荷馬車が破裂しそうです」

「他にも後日、改めて使節団と感謝の品をデラルト王国へ送るつもりだ。それらを合わせたって足りないくらい、君は俺達を救ってくれたんだ。気にしなくていい」

「……はい、ありがとうございます」

フェリクスはイザベラへの大きな感謝を、形としてもしっかり伝えている。

イザベラの聖女としての働きはもちろん、彼女が自ら反対を押し切ってこの国へ来てくれたことが、何よりも嬉しかったのだとフェリクスは以前話していた。

次にイザベラはルフィノに向き直り、ふわりと微笑んだ。

「ルフィノ様も本当にありがとうございました。たくさん助けていただきました」

「こちらこそ。あなたの明るさには、今も昔も救われていましたから」

「本当ですか？　ちなみに私の初恋はルフィノ様だったんですよ」

「おや、そうでしたか」

突然の告白に、私とフェリクスの「えっ」という声が重なった。一方、ルフィノだけは普段通りの笑みを浮かべ「ありがとうございます、光栄です」なんて言っている。

まさにモテすぎるが故に、告白に慣れた大人の対応だった。

「ふふっ、お恥ずかしいです。これからもどうかお元気で」

「はい。あなたこそ」

そうして二人は笑顔で握手を交わすと、イザベラは私へと視線を向けた。

美しい金髪が、少し冷たい風に揺れる。

それからしばらくイザベラは俯き、何も言わなかった。

次に顔を上げた時には先程までの笑顔は消えていて、大きな両目には涙が浮かんでいた。

「……私、立派な聖女になれましたか？」

震える声でそう尋ねる姿に、十七年前の姿が重なる。

帝国に滞在していたイザベラがデラルト王国へ帰る際にも、彼女は「立派な聖女」という言葉を口にしていた。

『私、立派な聖女になります！　だから、絶対に見ていてくださいね』

あれから十七年経ち、彼女はあの時の宣言通り——それ以上に素晴らしい聖女となった。

私は頬を伝っていくイザベラの涙をそっと指先で拭《ぬぐ》うと、笑顔を向けた。

「ええ、もちろん。あなたは最高の聖女だわ」

「……っ」

イザベラの目からはさらに涙がぽろぽろと溢れ出し、ルフィノがハンカチを渡す。

受け取ったイザベラが涙を拭っている間に、私は控えていたマリエルから、とあるものを受け取り、泣き止《や》んだ彼女に差し出した。

「これ……」

「遅くなってしまってごめんなさい」

私の手の上で輝くのは、イザベラのために用意した魔宝石だった。

『わたしが大人になって立派な聖女になったら、エルセ様に魔宝石をいただきたいです！』

『ええ、分かったわ。とびきりのものを用意するわね』

前世では果たせなかった約束を今世ではと思い、大切に時間をかけて選んだものだ。

「……う、うあ……ひっく……」

魔宝石を震える手で受け取ると、イザベラは子どものように泣き出した。

何度も「ありがとう」と「嬉しい」を繰り返す彼女を抱きしめながら、見送るまで絶対に泣かないと決めた私も泣いてしまう。

——そして最後は「リーヴィス帝国もみなさんも大好きです！」とめいっぱいの笑顔を見せてくれたイザベラが乗った馬車を、私達三人は見えなくなるまでずっとずっと見つめていた。

第九章✴最後の戦い

イザベラを見送ってから一週間が経ち、いつも明るくて元気な彼女がいなくなったことで、寂しさを覚えていた。

「イザベラが帰って、寂しいって顔に書いてある」

「……分かりやすくて駄目ね」

「俺はそんなところも好きだけどね」

フェリクスにもそう言われてしまい、片手で自身の頬を叩く。

今はフェリクスと夜の庭園で手を繋ぎ散歩しながら、今後についての話をしていた。

(それに、寂しがってばかりいられる状況じゃないもの)

ファロン王国で行われるアンヘリカの祝祭はもう十日後で、王国までは四日ほどかかるため明後日《あさって》には出立する予定だった。

シルヴィアがどう出てくるか分からないものの、今回で彼女と決着をつけるつもりでいる。

「フェリクスはファロン王国へ行くのは初めてなのよね？」

「ああ、国外自体ほとんど行ったことがないんだ」

「せっかくだし案内してあげられたらいいんだけれど、私もさっぱり分からなくて……」

二歳からずっと神殿の中に閉じ込められていたから、十七年も住んでいた国だというのに私はほとんど何も知らない。

絶望しかなかったあの頃のことを思い出すと、未だに心が鉛のように重たくなる。それでもフェリクスや大切な人たちと再会できたことだけは、シルヴィアに感謝していた。

「誰か会いたい人もいない？」

「ええ、いないわ」

両親だって私がリーヴィス帝国に行ったのを知りながら、一度も連絡をしてこなかった。

今の聖女としての働きについても噂くらいは耳に入っているだろうけど、あの人たちのことだから信じていないのだろう。

「それなら俺がずっとティアナを独占できるね」

「……ふふ、そうね」

繋いでいた手に力を込めてそう言ったフェリクスに、口元が綻《ほころ》ぶ。

フェリクスと一緒に行くことで、ファロン王国で辛い思い出以外ができる気がした。


そして二日後、ファロン王国へ出立する私達はルフィノや大勢の臣下に見送られていた。

「どうかお気を付けて。何かあればすぐに僕も向かいますから」

「ありがとう、あなたもね」

「はい。お二人が戻られるまで、必ず帝国を守ります」

ルフィノがいてくれるだけで、安心して国を離れることができる。

それからファロン王国への道のりは、驚くほど平和で穏やかなものだった。

「ごめんなさい、私ってば寝ちゃってた？　この辺りの景色が綺麗だって聞いてたのに」

「外の景色よりティアナの寝顔の方がずっと価値があったよ」

「……真顔で言わないでくれる？　余計に恥ずかしくなるから」

隣り合って座り馬車に揺られながら他愛ない話をたくさんして、途中で降りた町で食事をしたり軽く散策をしたり。

何気ないやりとりも時間も全てが楽しくて幸せで、私はずっと笑っていた。

（ずっとこんな日が続けばいいのに）

そう思えるほど、フェリクスと再会してから一番穏やかな日々だったように思う。

同時に嵐の前の静けさのようにも感じられて、心の奥底では不安を抱いていた。


ファロン王国に到着しても見慣れない景色ばかりで、母国へ帰ってきただとか、懐かしさを感じることはなかった。

まずは王城へ行き、国王陛下にフェリクスと共に挨拶をした。

元々私と陛下は面識がなかったものの、無能だと聞いていた聖女が帝国の呪いを解いたという事実は信じたらしく、手放したことを口惜しがる様子を見せていた。

シルヴィアを自由にさせている時点で、陛下にも後ろ暗い部分があるのは間違いない。

「……この国はもう長くないかもしれないな」

王城から神殿へ向かう馬車の中で、フェリクスもそう零《こぼ》していた。

やがてファロン神殿に到着し、その建物を見た瞬間、心臓がどくんと大きく跳ねた。

自分の中ではもう終わったことで、今は幸せだと分かっているのに。脳裏にファロン神殿での辛い日々が甦り、息苦しくなる。

「ティアナ、大丈夫だよ」

「……ありがとう」

フェリクスが隣で手を握ってくれていたお蔭で、ゆっくりと深呼吸をして落ち着くことができた。十五年間も虐げられていた記憶は、私の中で深い傷になっていたのだと実感する。

「ようこそいらっしゃいました」

まるで別人のような態度で出迎えてくれたのは、副神殿長だった。

大聖女であるシルヴィアが神殿を実質治めているため、神殿長の立場は長らく空いている。

そして記憶の中の副神殿長は五十代後半のでっぷりとした姿だったのに、今やひどく窶《やつ》れ、頬はこけていて十歳以上も老けて見える。

（一体、何があったの……？）

神殿の中はひどく鬱々《うつうつ》としていて、見かける全ての人の表情は暗いものだった。

私の知るファロン神殿とはまるで違い、一年も経たない間にこれほどの変化があるなんて明らかにおかしい。

「祝祭まで、ぜひ神殿でお過ごしください。最高の待遇をお約束します」

「……ええ。それで大聖女のシルヴィア様はどこに？」

「シルヴィア様は現在、お会いすることができないそうです」

体調が悪く長いこと伏せっていて、落ち着き次第、会いに来るそうだ。

シルヴィアの話をする時の副神殿長からは強い緊張と恐怖が伝わってきて、神殿内の様子がおかしいのは間違いなくシルヴィア絡みだと察せられた。

それからはフェリクスと私、それぞれの部屋に案内された。

神殿内には高位の聖職者などが宿泊するための部屋が複数あり、私達は今回そこに泊まることとなった。ただフェリクスの部屋とはかなり離れており、これも相手の思惑なのだろう。

「何かあったらすぐに知らせて」

「ええ、分かったわ」

フェリクスとは元々作戦を立てており、祝祭では必ず大聖女であるシルヴィアは現れるはずだから、そこで彼女の罪を暴くつもりだった。

帝国の「呪い」を解いたことによる呪い返しは、間違いなく身体に影響があるはず。表面上はうまく隠していても聖水などを使えば、苦しんだ末に尻尾《しっぽ》を出すだろう。

もちろんそんな簡単に上手く行くとは思っていないし、他国の大聖女への攻撃という建前の口実がなくとも実力行使に出る覚悟はできていた。

彼女が罪を犯したのは明らかで、証拠なんて後からでもどうにかなるのだから。

けれど到着した日の晩、あてがわれた王城内の部屋で過ごしていると、ノック音が響いた。

「……久しぶりね、エイダ」

ドアを開けた先には、ファロン王国の聖女であるエイダの姿があった。

『ティアナを見ていると本当にイライラするわ』

『あんたの存在が迷惑なのよ。聖女の価値が下がるもの』

彼女はいつもシルヴィアともう一人の聖女・サンドラと共に、私を虐げていた。

心ない言葉を投げかけられるのはもちろん、嫌がらせや雑用を押し付けられることだって日常茶飯事だった。

シルヴィアに従順で、聖女としての力がそれなりにある彼女達は神殿でも大切にされ、残飯を食べて暮らしていた私とは違い、とても良い暮らしをしていたはず。

（まるで別人のようだわ）

それなのに今の彼女は以前よりずっと痩せ、唇はカサカサに乾き、髪だってボサボサで目の下には酷いクマができている。

二つの瞳も虚ろで、どう見ても普通の状態ではない。副神殿長よりもさらに酷い姿に、思わず息を呑んでしまったほどだった。

「ティアナ様、シルヴィア様がお呼びです。お一人で来るようにと」

やがてエイダは震える声で、それだけ呟いた。

（お一人で、ね）

どう考えても罠だけれど、この国はシルヴィアの庭なのだ。この要求を避けてしまっては、シルヴィアと対峙する機会を失うかもしれない。

「……分かったわ」

この機会を無駄にはできないと思った私は、静かに頷いた。

（フェリクスが知ったら、怒るでしょうね）

それでも彼が私と同じ立場だったなら、同じ選択をするという確信もあった。

――けれど、シルヴィアのもとまでたどり着ければこちらのものだ。

私がすんなりついてくると思わなかったのか、エイダは息を呑み「ついてきてください」と言って廊下を歩き出す。

以前と立場が変わったといえども、これまで敬語だって使われたことがなかったため、違和感を覚えてしまう。

「……なんだか懐かしいわね」

まだここを離れて一年も経っていないはずなのに、懐かしく感じる。

「こちらです」

どうやらエイダが向かっているのは、シルヴィアの暮らす神殿の最奥の部屋のようだった。

神殿内には一切の人気《ひとけ》がなく、不気味なほど静かだ。

ゆっくり私の前を歩くエイダの背中はひどく小さくて、今にも倒れてしまいそうに見える。

「私がいなくなってから、何かあったの？」

そう尋ねたのはきっとファロン神殿について調べるためではなく、心配からで。あんな目に遭《あ》わされていたのに、つくづく自分は甘いと呆れてしまう。

そしてそんな気持ちは、エイダにも伝わったのかもしれない。

エイダは足を止めると振り返り、縋るような眼差しで私を見た。

「っ助けて、ティアナ……」

彼女の瞳からは、ぽろぽろと大粒の涙がこぼれ落ちていく。

「ごめ、……なさ……っ……」

「大丈夫だから、何があったのか教えて」

長年私を虐げていたエイダやサンドラに対して、腹立たしい気持ちはある。それでも前世の記憶を取り戻した今は、子どもの過ちだとしか思えなかった。

彼女達もまた幼い頃に神殿へ連れてこられ、普通の暮らしとは完全に断絶されていたのだ。

神殿内の常識しか知らず、絶対的な存在であるシルヴィアのもとで育てば、シルヴィアの影響を強く受けて歪《ゆが》んでしまうのも当然だった。

「シルヴィア様が……おかしく、なって……呪いに、侵されてる、みたいで……」

子どものように泣くエイダから話を聞くと、やはりシルヴィアは呪い返しを受け、常に苦しみ続けているそうだ。

十五年もの間、帝国の五箇所に溜まっていた強い呪いをその身に受けたのだから、今生きていることすら奇跡だろう。その苦しみは想像を絶するものに違いない。

そんな状態ではまともな精神を保てるはずもなく、常に周りの人間やエイダ達にも当たり散らし、時には暴力を振るうこともあるという。

大聖女としての仕事は一切できず、まともに眠ることすらできない状態らしい。

その結果、呪いの痛みや苦しみを緩和するため、常にエイダとサンドラに聖魔法での治療をさせているそうだ。

(だから、こんなにも憔悴《しょうすい》しているのね……)

魔力を限界まで使わされ、心身ともに限界が来ているのだろう。このままでは命を落としてもおかしくはない。

それでも彼女達に、逃げ場はないのだ。

ここを出ることだって許されないし、きっと出たところで神殿を裏切ったとなれば立場は悪くなり、家族のもとへ帰ることだってできなくなる。

(……本当に哀れだわ)

声を上げて泣き続けるエイダの背中を撫でると、案内はいいから部屋に戻るよう告げた。

「で、でも……」

「後は私に任せて」

私がこのまま逃げた場合、シルヴィアに叱られることを恐れているのだろう。

まっすぐに目を見て、ちゃんと行くから大丈夫だと言い聞かせる。

「……あなた、本当にティアナ、なの?」

そんな私に対して、彼女は信じられないという表情を向ける。

泣き虫でいつも俯いていた頃の私しか知らないのだから、当然なのかもしれない。

「ええ、そうよ」

それだけ言うと私はエイダを置いて、シルヴィアの部屋へと向かった。かつては毎日のように通わされて雑用や世話をさせられていた私に、そもそも案内など必要ない。

(なんて酷い瘴気なの……)

シルヴィアの部屋が近づくにつれ、強い呪いの気配と瘴気が濃くなっていく。

最も澄んでいるべき場所である神殿内がこんな状態なんて、異常という言葉ではもう片付けられない。

これが露見すれば陛下だって黙ってはいないだろうし、ファロン神殿はもう終わりだろう。

聖女達の他にも気付いている人間はいるはずなのに、シルヴィアを恐れて隠蔽し続けているのだから、救いようがない。

シルヴィアの部屋の前に着くと、私はそのまま声をかけた。

「ティアナよ」

「……入りなさい」

掠《かす》れたシルヴィアの声が聞こえてきて、一瞬だけ身体が竦《すく》んだ。

意思と反したこの反応は、身体に染み付いているシルヴィアへの恐怖によるものだろう。

私は深く息を吐き、ゆっくりと扉を開けて中へ入る。

足を踏み入れた瞬間、ぶわっと瘴気に包まれ、すぐに魔力を身体に纏って身を守った。

これほどの瘴気を発しているのは、シルヴィア自身だったらしい。

(こんなのもう、人間じゃないわ)

これほどの瘴気を発していながら生きているなんて、間違いなくおかしい。

「まるで魔物ね」

そう呟くと、最奥にあるベッドで横たわっていたシルヴィアは、ゆらりと身体を起こした。

「……お前、ずいぶん生意気な口を聞くようになったわね。魔力を取り戻しただけで調子に乗っているのかしら」

彼女も最後に見た時よりもずっと窶れ、老けたように見える。老けたと言うより、現在の彼女の年齢である三十代後半の年相応になったというのが正しいだろう。

真っ赤な髪の艶《つや》は失われ、光のないエメラルドの両目の下には濃い隈ができている。

エルセが死んだ頃から一切歳をとっていないことを不思議に思っていたけれど、もしかすると私の魔力もなんらかの形で使われていたのかもしれない。

何より一番目を引いたのは、全身の肌が呪い返しによって黒く染まっていることだった。

蛇のような痣は首や顔にまで及んでいて、全ての呪いを解いた結果だろう。

「お前のせいで……私は、こんな……!」

「自業自得でしょう？　自分が招いたことじゃない」

去勢を張っているけれど、相当弱っているのが見てとれた。

私を一人で呼び出したのは、再び私の魔力を奪おうとしているからに違いない。

シルヴィアはさらに苛立った表情を浮かべ、立ち上がった。

「魔力を取り戻したからといって、お前が私に敵うとでも？」

私が全ての魔力を取り戻したことを知ってなお、私に勝てるという自信があるようだった。

確かに今のシルヴィアの澱んだ魔力は、量だけで言えば私とさほど変わらない。とても聖女が使うような力ではなく、全てが魔物と同じように感じられる。

そしてしばらく彼女の様子を窺っているうちに、気付いてしまった。

「……あなた、魔物に魂を売ったのね」

私の言葉に対し、シルヴィアは否定をすることなくにやりと口角を上げるだけ。

——魔物に魂を売り、その力を得る方法は存在する。

かなりの命の危険が伴う上に、大罪として大陸全土において禁止されていた。

そもそも魔物が人間の言うことなどをまともに聞くはずがないし、信頼関係など成り立たない以上、いいように利用されるのがオチだ。

魔物がかなり強い力を持つものであること、人間との相性、人間側が強い恨みや悲しみといった大きな負の感情を抱いていることなど、細かな条件がいくつも重なり、奇跡のような確率で成り立つもののはず。

何より魔物が力を得られるほど特別な魔力を持つ人間であることも重要で、聖女であるシルヴィアならその条件を満たせる可能性があった。

（聖女の魔力は魔物にとって毒だけれど、魂はご馳走にあたるのだと聞いたことがある）

前世、魔物に魂を売った人間を一度だけ見たことがあった。

強い魔力を持つ欲に溺れた魔法使いが魔物に魂を売り、自我を失い家族や友人まで殺し、魔物に取り込まれていたのだ。

『助けて、クレ……お願イだ……』

完全に魔物と化した相手をルフィノと共に討伐に向かい、追いつめた際、魔物の身体から聞こえてきたのは苦しみ助けを乞う人間の声だった。

もう人間の意識など残っているはずがない状況で、間違いなく魔物が生き延びるために、人間のふりをしているだけ。

そう分かっていても、やり切れない気持ちになった。

『僕が殺しますから、エルセは離れていてください』

『……ごめんなさい』

そんな私に気付いたルフィノが気を遣ってくれて、結局最後は彼に甘えてしまったけれど、本当に気分の悪いものだった。

魔物というのはどこまでも卑劣で邪悪な生き物だと、あの時に強く思い知った。

「……もう、シルヴィアの意識はないのね」

「ようやく気付いたのか。本当に人間とは愚かよなあ。これまで誰も気付きやしなかった」

シルヴィアの形をした魔物は楽しげに笑い、軽く手を叩いてみせる。

やはり事実らしく、ひどく胸が痛んだ。

顔も声も同じなのに、話し方が変わったことで全く別の生き物に感じられた。

(ずっと、おかしいとは思ってた)

私が知るシルヴィアは生まれ育ったリーヴィス帝国を大切にしていたし、何より今の性格は前世で親しかった彼女とはまるで別人だったからだ。

この魔物に身体を奪われてからずっと、シルヴィアの元の人格は失われていたのだろう。

「魂を喰ってやったが、この女も同意の上だ」

「どうして、そんなことを……」

「私が封印から解き放たれて弱り切っていたところで、強い恨みや悲しみを抱いていたこの女を見つけ、利用してやったんだ」

私はシルヴィアを信頼できる部下であり親しい友人だとも思っていたけれど、彼女からはそんな話なんて何も聞いていなかった。

魔物に魂を売るなんて選択を聖女がするなんて、相当な理由があったはずなのに。

「だが私も、ひとつだけこの女の願いを叶えてやったよ」

「シルヴィアの、願い……?」

「ああ、聖女を一人殺した」

「……え」

——この魔物が殺した聖女というのは、間違いなくエルセ・リースのことだ。

帝国には私とシルヴィア以来、聖女は現れていないのだから。

『フェリクス、早く逃げて！』

『な、なんで……ここから、出られない……！』

そして十七年前に殺された時のことにも、全て納得がいった。

私とフェリクスはおびただしい魔物に囲まれ、出られないように結界が張られていた。

魔物は結界を張れないし、人間によるものだとは思っていたけれど、あれはシルヴィアの力によるものだったのだろう。

そして魔物が皆私を狙っていたのも、この魔物の命令に従ってのことに違いない。

人間が魔物を操ることができるなんて聞いたことがないし、おかしいとは思っていた。けれどそれを命じていたのが魔物だとすれば、辻褄《つじつま》が合う。

低級の魔物に知能はないものの、強いものになればなるほど知能もついてくる。

あの場にいた魔物達は上級だったし、さらに強い魔物の命令なら聞いてもおかしくはない。

「でも、どうして……」

友人である彼女が、なぜ私を殺す必要があったのか分からない。

（シルヴィアと最後に話したのは確か、私が死ぬ二日前だった）

そう、私が死ぬ二日前までシルヴィアはいつも通りだった。普段通りに一緒に仕事をして、食事だって楽しくお喋りをしながらとった記憶がある。

その翌日――私が死ぬ前日に、起こったこと。

記憶を遡《さかのぼ》っていき、やがて点と点が線で繋がる感覚がした。

（……どうして、今まで気付かなかったんだろう）

静かに全身の血の気が引いて、心臓が嫌な音を立てていく。

あの日は、私がルフィノに告白された日だった。

『僕が好きなのはエルセですよ』

『僕は女性として、あなたのことが好きですから』

――シルヴィアはずっと、ルフィノのことが好きだった。

神殿に入った日に一目惚れし、それからは彼の人柄など全てに惹かれたのだと言っていた。

私は友人として何度も話を聞いていたし、告白された時には罪悪感を覚えた記憶がある。

告白をされた後はシルヴィアにどう話すべきか悩みながらも、仕事の予定が重なって、その日は何も伝えられないまま終わってしまった。

そして翌日の午前中、フェリクスに魔法を教えようと向かった先で私は命を落としたのだ。

（シルヴィアはもしかすると、あの場面を見ていたのかもしれない）

ルフィノがシルヴィアに話したとは思えないし、そうとしか考えられない。

「愚かな女だよ。愛する男が他の女を愛していると知っただけで、甘い言葉をいくつか囁いてやったら簡単に誘いに乗った」

「……っ」

やはり私がきっかけだったのだと、心底泣きたくなった。

「私の、せいで……」

あれからすぐにシルヴィアのもとへ行っていたら、何かが変わったのだろうか。けれど真っ先に「告白された」と告げたところで、シルヴィアの心が変わるとは思えなかった。

私はルフィノに対して恋心を抱いていなかったし、彼女もそのことを知っていたのだから。

『エルセが僕を異性として見ていないことは分かっていますし、振り向いてもらえるまでいつまでも待ちます』

『きっと僕の人生で、誰かを好きになるのはこれが最初で最後ですから』

それにルフィノに返事をする前に友人に「彼の気持ちに応えるつもりはない」と話すのは、ルフィノの気持ちを無下にするようで、できそうになかった。

どうしようもなかったのだと理解していてもやり切れず、罪悪感が込み上げてくる。

ルフィノだって悪くはないし、どんな事情があったとしても、聖女という立場でありながら魔物の誘いに乗ったシルヴィアに非はある。

そして諸悪の根源は、間違いなく目の前の魔物だった。

「……絶対に許さない」

「ふん、お前に許される必要などないわ」

魔物は軽く鼻を鳴らすと、こちらに向けて手をかざした。

「痛くて苦しくて頭がどうにかなりそうなんだよ！　早くお前の魔力をよこせ！」

そして一切の容赦なく、濃い瘴気をまとった攻撃を繰り出してくる。

私はロッドを掲げ、自身の周りに結界を張った。

同時に私は浄化魔法を広範囲に展開し、この部屋を覆った。

「ぐあああっ……」

魔物も咄嗟《とっさ》に結界を張ったものの、こちらの方が一歩速かったことで猛毒であろう浄化魔法を全身に浴び、苦しみながらその場に膝を突く。

魔力量は同じだとしても、私とシルヴィア――魔物には大きな違いがある。

圧倒的に私の方が魔法の扱いに長けているということだ。

(普通に戦って、負けるはずがないわ)

ティアナとして授かった膨大な魔力と、大聖女の頃の知識が私を支えてくれていた。

「なぜ……お前が……こんな……」

この魔物も、知能は低くない。

だからこそ私が短期間でこれほどの魔法を扱えるはずがないと、理解しているのだろう。

やがて魔物は袖で口元を荒々しく拭い、シルヴィアの真っ赤な唇で弧を描いた。

「……もしやお前、エルセ・リースの生まれ変わりか?」

突然の問いに、息を呑む。

「なぜそう思ったの?」

「この身体の記憶がそう言っているんだ。これほど完璧に聖属性魔法を使える人物など、この世で一人しかいないとな。それに魔法の端々にはお前の癖が出ているようだ」

「……っ」

それは間違いなくシルヴィアの記憶によるもので、目の前にいるのは魔物でもあり、友人のシルヴィアでもあるのだと思い知らされていた。

「っく……あはは、あはははは！　皮肉なこともあるものだな！　大聖女だったお前が生まれ変わって、無能だと言われて長年虐げられていたとは」

楽しげに腹を抱えて笑う魔物に、これ以上ないほどの怒りが込み上げてくる。

何がおかしいのか、理解できるはずがない。

「記憶を取り戻したのなら、あれほどの呪いを五つも解いたことにも納得がいく」

「お前の目的は何？」

「私を封印した帝国を滅ぼし、何もかもを思うがままにすることだ。最も憎いあの皇帝と聖女がとっくに死んでいたことだけが心残りだったがな」

だからバルトルト墳墓を呪い、死体を玩具《おもちゃ》のように操ってやった、形も残らないほど切り捨ててくれれば良かったものを、と嘲笑うように話す魔物に激しい怒りが込み上げてくる。

(全てがこの魔物にとって、復讐だったんだわ)

そして後半はもう、シルヴィアの声ではなかった。彼女の口から発されたはずなのに、低くて地を這うような悍《おぞま》しい声に、ぞくりと鳥肌が立つ。

「この女とお前の魔力を使ってこの国で地位を築き上げ、帝国は地に落ちたというのに」

本来は帝国が弱りきったところで王国に攻め滅ぼさせるつもりだった、全てが無に帰したと魔物は忌々《いまいま》しげに吐き捨てる。

「だが、お前の魔力さえあれば何度でもやり直せるさ。今度は国外に捨てたりせず、地下牢にでも繋ぎ、死ぬまで私に魔力を供給させてやろう」

「そんなことができるとでも？」

「はっ、私がこれまで何もしてこなかったと思うのか？」

そして次の瞬間、全身が鉛になったかのように重たくなり、私はその場に膝を突いた。

「……っう……」

心臓の辺りを押さえる私を見て、魔物は可笑《おか》しいと言わんばかりに高笑いをする。

「ここで十五年前、当時二歳だったお前の魔力を奪う儀式をしたんだ。この部屋自体が魔法陣になっていて、足を踏み入れた時点でもう儀式は始まっている。お前の負けだ」

部屋を埋め尽くす濃い瘴気により、部屋を覆う魔法陣の気配に気付けなかったのだろう。

二歳の頃の記憶もなく、当時どんな方法で魔力を奪われたのかも私は知らなかった。

――魔法というのは全く同じものである場合、一度目よりも二度目の方が対象への効果は跳ね上がり、その過程も短縮される。

このままでは再び私の魔力は奪われてしまうと、焦燥感が込み上げてくる。

「ぐっ……」

シルヴィアの右手が黒く太い蔦《つた》のように変化し、首に巻きつく。

全身から一気に魔力を吸い上げられる感覚と激痛に耐えきれず、意識が飛びそうになる。

そんな私の中には苦しさや怒りだけでなく、友人であるシルヴィアがこんな道を選ぶことしかできなかった悲しみも広がっていく。

「……シルヴィア……どう、して……」

震える声でそう呟き、エメラルドの瞳へ視線を向けた途端、ほんの一瞬だけ首を締められる力が弱まった。

次の瞬間にはまた力が込められ、口からは呻《うめ》き声が漏れる。何が起きたのか理解できなかったらしい魔物は眉根を寄せていた。

(——まさか)

ひとつの予感を抱くのと同時に、聞こえてきたのは彼の声だった。

「ティアナ!」

「ぐああっ……!」

同時に首を絞めていた腕が緩み、彼が切り落としてくれたからだと気付く。

「げほっ……ごほ、っ……」

一気に空気を肺に取り込み、咳き込む私のもとへフェリクスは駆けてくる。

背中をそっと撫でてくれ、私の顔を覗き込んだ彼は悲しげな、けれど怒りの混じった表情を浮かべていた。

「なぜ一人で来た!」

「私一人じゃなきゃ、シルヴィアは絶対に会おうとしないもの」

長年虐げられていたせいで、今の彼女の性格も理解しているつもりだ。

フェリクスに支えられながら、ゆっくりと立ち上がる。

自身に手のひらを向け、痛む首元に治癒魔法をかけていく。既に魔力はいくらか奪われ、今も奪われて続けているものの、まだ残量は十分にあるし、戦える。

「それに、必ずあなたが来てくれると思ったから」

私はここに来るまで、フェリクスがここまでたどり着けるように細工をしておいた。

彼なら絶対に私がいなくなったことに気が付くだろうし、絶対に私を捜して来てくれると信じていたからだ。

「あなたが私に追跡魔法をつけていることだって、知っているんだから」

そう言って笑顔を向けると、フェリクスは少し気まずそうな顔をする。

私がいつどこにいるか把握する魔法を、常にかけていたことには気付いていた。つい最近始まったことではない、ということも。

「……すまない」

「お説教は後よ」

気が付いていながら何も言わなかった私も私だけれど、こんなところで役に立った以上、文句も言えそうになかった。

「フェリクス」

魔物が回復を図っている隙に、フェリクスの耳元に口を寄せた。

あの魔物を倒す方法はもう、脳内に描いてある。

それをフェリクスに伝えると、両手できつく肩を掴まれた。

「そんなこと、できるはずがないだろう！」

きつく肩を掴まれ、止められる。もちろんフェリクスに反対されることは予想済みだった。

それでも私に、自身の考えを曲げる気はなかった。

「それに、フェリクスになら私の命を預けられるもの」

はっきりとそう伝えると、フェリクスは両目を見開く。

「……あなたは本当に、ずるい人だ」

そして眉尻を下げて笑うと、私の頬に触れた。

透き通ったアイスブルーの瞳に、まっすぐに見つめられる。

「絶対に守ってみせるから」

「ええ、ありがとう」

怖くないと言えば、嘘になる。

それでもフェリクスのたった一言だけで、不安も恐怖心も全てなくなっていく。

(私は大切な帝国を——愛する人達を守りたい)

きっとそのために私はもう一度生を受けることができたのだと、今は思う。

「おや、懐かしい顔だな。だがお前一人が現れたところで、もうどうにもならないさ」

「——お前だけは絶対に許すものか」

嘲るように笑う魔物にそう言ったフェリクスが地面を蹴り、剣と魔法を組み合わせて鋭く速い攻撃を放つ。

そこでできた一瞬の隙に私は魔物に触れると、その腕を自身の腹部に刺した。

「……っう……」

「お前……何を……」

私が今しているのは、自殺行為だ。

魔物を自身に取り込み同化することで、深い部分まで魔力を浄化することができる。けれど押し負けた場合、私が相手に取り込まれることとなるだろう。

——全ては魔物に取り込まれた、シルヴィアの命を救うためだ。

先ほど名前を呼んだ時、一瞬だけ力が弱まったのは彼女の意識に届いたからであり、それが事実なら彼女を救うこともできるのではないかと思った。

それにこの方法なら、同時に彼女の身体を蝕《むしば》む呪い返しも浄化できるはず。

(きっと、誰もが甘いと思うでしょうね)

たとえ偽善者だと言われたって、愚かだと言われたって、私の気持ちは変わらない。

このままシルヴィアを魔物もろとも殺してしまえば、私はこの先一生、罪悪感に囚《とら》われ続けるだろう。周りがいくら「悪くない」と言ってくれたとしても、私はそういう人間だった。

だからこそこれは、私自身のためでもある。

「それに、お前にとってはこれが……一番……苦しい、死に方でしょう……?」

「ぐあああ！　やめろ……やめ、てくれ……！」

魔物にとって聖女の魔力というのは、毒のようなものだ。

内部から全てを溶かし浄化されている今のこの状況は、地獄のような苦しみに違いない。

シルヴィアの顔が苦痛に歪められ、断末魔の叫びが響き渡る。

（それでも、こんなものじゃ足りない）

この魔物によって帝国に呪いが広がり、大勢の人が苦しみ命を落としていったのだから。

どれほど苦しめたって、何度殺したって足りないくらいに憎くて仕方がない。

「くっ……う……ああ……」

魔物の痛みや苦しみの一部が、私にも伝わってくる。

私の身体と混ざり始めているのだろう。

けれど、浄化も同時に進んでいるのを感じていた。

（あと少しで、シルヴィアを引きずり出せるかもしれない）

目を閉じて苦しみと痛みに耐えながら、浄化をしていく。

やはりこの魔物は私が知る中で最も強い個体であること、そして「魔力を奪う」という能力により数多の魔物や人間の魔力が混ざっていることで、浄化魔法が通りにくい。

「……あああっ……っぐ……！」

浄化魔法を魔力量で押し通すたび、全身を焼かれたような痛みが走る。

堪え切れなくなり、口からは自分のものとは思えない呻き声が漏れた。

「ティアナ！　もうやめてくれ！」

必死に唇を噛み締めて堪えていると、フェリクスが駆け寄ってくる。剣を手にした彼は今にも魔物を殺してしまいそうで、必死に声を張り上げた。

「まだよ！　っ殺さ、ないで……！」

「……っ」

ここでフェリクスが魔物を殺してしまえば、全てが無に帰す。

本当に後少しだと、意識が飛ばないように堪え続ける。

フェリクスはそんな私を見て、きつく唇を噛んで手出しをするのを耐えてくれていた。

その間も魔物は苦しみながら抵抗を続けており、私の方へ向かってきた足のひとつをフェリクスが切り落としてくれた。

（このままだと、もう……）

後少しが遠くて苦しくてどうしようもなくて、私自身の限界も近いことを悟る。

その上、これ以上抵抗されては殺すしかなくなってしまう。

「シルヴィア！　いい加減、しっかりしなさい！」

私が知る彼女は、強くてまっすぐな美しい聖女だった。

こんな魔物に負けるなという気持ちを込めて、何度も名前を呼ぶ。彼女の意識さえ戻れば、暴れることもなくなるはずだと信じて。

「シルヴィア！　お願い、だから……っ」

「はっ……何を、無駄なことを――っ!?」

もう声も掠れてきた私を魔物が嘲笑った瞬間、その身体がびくりと跳ねた。

「ぐっ……やめろ……!　グアア……!」

まるで何かに抵抗するように、頭を抱えて苦しみ出す。

何が起きているのかすぐに察した私は、もう一度、最後に声を上げる。

「シルヴィア……っ!」

その瞬間、ぴたりと魔物の動きが収まった。

一瞬、命を落としたのかと不安になったものの、まだ魔力の流れは感じ取れる。

「……エルセ、さま……」

そして少しの後、静まり返ったこの場に響いたのは、か細くて柔らかな声だった。

そのたった一言だけで、分かってしまう。

「シル、ヴィア……」

「……ごめ、なさ……っ……」

身体の意識が魔物から彼女に戻ったのだと理解した途端、視界が揺れた。

先程までのきつく吊り上がった目付きとは違い、悲しげに細められた両目からは、ぼろぼろと大粒の涙が溢れ落ちていく。

「……う、あ……あっ……!」

彼女にも意識を奪われていた間の記憶があったのかもしれないと、悲痛な表情から悟った。

けれどすぐにその顔は、苦痛に染まる。

魔物と同化していたシルヴィアの苦しみは、私とは比べ物にならないだろう。

「あと、少しだから、どうか耐えて……！」

なおも浄化を続けながらそう告げると、シルヴィアは小さく左右に首を振った。

もう声も出せない彼女が何をしようとしているのか、魔力の流れから気付いてしまう。

自責の念から、このまま自ら命を絶つつもりなのだろう。

（そんなこと、させるものですか……！）

絶対に助けてみせると、体内に残る全ての魔力を注ぎ込む。魔力に耐え切れなくなった身体が軋み、咳き込んだ口からは大量の血が溢れた。

けれどやがて身体の奥で何かが弾けるような感覚がして、視界がぐらりと傾く。

「ティアナ！」

意識が遠のいていく中で最後に見えたのは、泣き出しそうな顔をしたフェリクスだった。

第十章✴大聖女と大聖女

「ん……」

目を開けるとカーテンの隙間から差し込む光が眩しくて、寝返りを打つ。

するとベッドの側の椅子に腰掛けるフェリクスと、至近距離で目が合った。

「おはよう、ティアナ」

「…………」

「無事に目が覚めてくれて、本当に良かった。全身の怪我と瘴気による穢《けが》れが酷くて、王国の聖女二人が治療にあたったんだ」

そう言われてようやく、自分の身に何が起きていたのかを理解した。

同時に慌ててベッドから身体を起こし、フェリクスに向き直った。

「シルヴィアはどうなったの……!?」

「まだ意識は戻っていないけど、命に別状はないよ。ティアナがほぼ浄化を終えて意識を失ったところで、シルヴィアから分離して逃げ出した魔物を俺が殺したから」

「そうだったのね。本当にありがとう」

無事に諸悪の根源である魔物を倒せたのだと思うと、全身の力が抜けるのが分かった。

同時に、涙腺が緩んでいく。

「……良かった」

帝国が呪いによって失ったものは多く、まだ全てが元に戻ったわけではない。

それでも、これ以上苦しむ人々が増えることはないこと、そしてエルセの死の原因についても知り、魔物を倒せたことによる安心感が込み上げてくる。

私は自分が思っていた以上に、不安だったのかもしれない。

「こちらこそ、本当にありがとう。全てティアナのお蔭だ」

そっと抱き寄せられ、大好きな温もりに身体を預ける。

フェリクスの腕の中は何よりも安心できて、より涙が滲んだ。

「ううん。フェリクスがいなければ、絶対に倒せなかったもの」

フェリクスが魔物を弱らせ、追い詰めてくれると信じ、実現してくれたからこそ、私はこうして今無事に生きているのだから。

「もう二度と、あんな思いはさせないでくれ」

「……ええ、勝手なことをしてごめんなさい」

きっと私がフェリクスの立場で目の前で苦しむ姿を見ていたら、もどかしくてやるせない気持ちになっていただろう。

それでも最後まで支えてくれ、魔物を倒してくれた彼には感謝してもしきれない。

フェリクスはやがて、私の肩にぽすりと頭を預けた。

「……エルセの仇《かたき》が取れて、良かった」

そして掠れた声でそう呟いた彼に、ひどく胸が締め付けられる。

エルセを目の前で亡くしたフェリクスは一生忘れられないほど傷つき、罪悪感を抱き、自分を責め続けて生きてきたのだろう。

「ありがとう、フェリクス」

――この言葉はエルセ・リースとしてのもので。

フェリクスがずっとエルセを大切に思っていてくれて、本当に嬉しかった。

どうかこれからはもう、過去に囚われず自分のために生きてほしい。

そう話すとフェリクスは震える声で「ああ」と頷いて、私を抱きしめる腕に力を込めた。

「……本当に、好きだったよ」


その後はゆっくり食事をしてお風呂に浸かって、改めてフェリクスと話をした。

今やファロン王国内は「大聖女が魔物に取り憑《つ》かれていた」と広まり、大騒ぎだという。

いずれ帝国の「呪い」の原因についても明らかになるだろうし、前代未聞の出来事は国外にも広まり、騒然となるはず。

私達が今いるのは王城の敷地内にある離宮で、王城内も慌ただしいため、静かに休めるよう配慮された結果だそうだ。

広大な庭園に囲まれており使用人と私達しかおらず、とても静かだった。

「ティアナの魔力が呪いに使われていたことは、伏せておこうと思う。……真実が正しく伝わるとは限らないから」

隣に座るフェリクスは静かにティーカップをソーサーに置き、困ったように微笑んだ。

私がシルヴィアや魔物に協力していた、と話が歪曲されて伝わることを危惧してくれているのだろう。私もなるべくなら誤解を避けたいし、そうさせてもらいたいと頷いた。

「……それにしても、まさかシルヴィアの恋心が全ての元凶だったとは」

フェリクスは深く息を吐くと、ソファの背に体重を預ける。

以前、犯人はシルヴィアだろうと話したけれど、その原因までは誰も想像していなかった。

フェリクスも幼い頃からシルヴィアと関わりはあって、エルセの死後も彼女がファロン王国へ行くまで何度も会話していたという。

その時にはもう既に魔物に意識を奪われていただろうし、エルセの仇と知らずに過ごしていたことを悔やんでいるようだった。

(でも、やっぱりやるせない気持ちになる)

シルヴィアは悲しみや妬みという感情を抱えてしまったところを、あの魔物につけ込まれてしまったのだろう。

全てを話し終えた後、フェリクスは両手で私の頬を包み、自身の方を向かせた。

「エルセは悪くないよ」

「……ありがとう」

私が罪悪感を抱いていることに気付いた優しい彼は、いつだって欲しい言葉をくれる。

そんなところも好きだと、心から思う。

「だけど」

「うん？」

「ルフィノ様がエルセに告白したなんて話は初耳だったな」

「えっ、あっ……そうね」

ルフィノが誰かに話すとは思えないし、私がわざわざフェリクスに報告するのもおかしな話だから、知らないのは当然だった。

「……なんて返事をしたの？」

「その、驚いたから特には……ふんわりした感じで」

「だろうね」

フェリクスはそう言うと「駄目だな」と呟き、前髪をくしゃりと掴んだ。

「もっと余裕のある男にならないと」

「フェリクスはいつだって余裕があるじゃない」

「あなたのことだけは上手くいかないんだ」

そう言って微笑むと、フェリクスは真剣な表情を浮かべて私を見据えた。

「これから、どうしたい？」

「……まずはシルヴィアと話をしたいわ」

どんなことがあっても、シルヴィアは重罪を免れない。

彼女だってそれは理解しているはず。

まずは目を覚ました後、シルヴィアときちんと話をしたいと思っている。

「ルフィノ様もファロン王国へ向かっているそうだ」

「……そう」

きっと優しい彼は真実を知ったら、私以上に自身を責めるに違いない。けれど知らないままでいることだって、ルフィノは望まないはず。

（……辛くても悲しくても、前に進まなきゃ）

そう決意をして、胸の辺りをきつく握りしめた。


それから数日間、フェリクスはファロン王国の国王陛下たちとの話し合いを重ねていた。

一応は「ファロン王国の大聖女」が帝国に呪いをかけた、という事実がある以上、王国から帝国への賠償は計り知れない。

とはいえ、元々シルヴィアは帝国の人間であったこと、何より魔物の仕業であることから、フェリクスにも多少の酌量の気持ちはあるそうだ。

『ティアナを長年虐げていた国や神殿を、絶対に許しはしないけどね』

フェリクスは、私以上に怒ってくれているようだった。

元はというと大聖女と神殿が犯した罪ではあるものの、国の責任に変わりはない。

ファロン王国の民達に影響は出ないようにしながらも、しっかり贖罪《しょくざい》させていくという。


そうして四日が経ち、ルフィノが帝国から到着した。

今回の出来事を彼に直接話すべきだと思い、声をかけたのだ。

「本当に、お二人がご無事で良かったです」

私とフェリクスの手を取り、ルフィノはひどく安堵した表情を浮かべていた。

それからは三人でテーブルを囲み、私の口から改めて今回のことを全て話した。

ルフィノは静かに相槌を打ちながら聞いていたけれど、やがて片手で目元を覆い俯いた。

「……僕のせいで……」

「いいえ、絶対にあなたのせいじゃないわ」

罪悪感を抱いているルフィノに対し、私ははっきりと否定する。

ルフィノはただエルセに想いを伝えてくれただけ。彼に一切の非がないのは明らかだった。

けれど優しい彼は、自分を責めることも分かっていた。

「これからどうするおつもりですか」

「とにかくシルヴィアが目を覚ましたら、話をするつもりよ」

彼女の今後について決まりさえすればもう、私達がこの国にいる必要もなくなる。

また帝国の「呪い」の原因についても、民達に伝える責任があるだろう。そうしなければ彼らはこの先もずっと、再びあの災厄が起こることに対して怯え続けることになる。

そうして話し合いを重ねていたところ、ノック音と共に同行してくれていたマリエルの声が室内に響いた。

「シルヴィア様が目を覚まされたそうです」


シルヴィアが横たわるベッドの側に腰を下ろした私は、静かに声をかけた。

「……久しぶり、っていうのが正解なのかしら」

彼女は私の顔を見るなり、涙を堪えるようにきつく唇を噛んだ。

その表情だって纏う雰囲気だって、今世で見ていたシルヴィアとは全く違う。もっと早く彼女が別人だと気付き、それを暴く力が私にあれば——と悔やんでも悔やみきれない。

「……っエルセ様……申し訳、ありませんでした……っ」

ぽろぽろと涙を流すシルヴィアは「謝って済むことだとは思っていない」「それでも謝ることしかできない」と嗚咽《おえつ》を漏らしながら言葉を紡いだ。

元々のシルヴィアは、誰よりも心の優しい女性だった。

だからこそ身体を奪われていたとしても、自身が起こした事柄を受け入れるのは苦しく、胸が張り裂けるような思いをしているはず。

「私こそごめんなさい。あなたの気持ちを知っていたのに」

「いいえ、私の心の弱さが全てを招いたのです……分不相応な想いを抱え、エルセ様に嫉妬をして……ほんの一瞬でも『いなくなればいい』と、思ってしまったから……」

あの魔物はシルヴィアが私を殺すよう望んだと言っていたけれど、彼女はきっとそんなことなど望んではいない。

「……本当は、エルセ様が好きで……憧れていたはずなのに……」

ただ「私さえいなければ」と心の奥で望み、その嫉妬や強い負の感情につけ込まれ、利用されてしまったのだろう。

どんな人間だって、負の感情を抱くことはあるはず。人生で一度も抱いたことがない人間など存在しないだろうし、私だってもちろん経験はあった。

(それでも、聖女としては許されることじゃない)

シルヴィアは被害者ではあるものの、魔物に巣くわれ、守るべき民の命を大勢奪ったことは聖女として決してあってはならないことだった。

何より前世でエルセ・リースだった私も、彼女に対して罪悪感や同情心はあるものの、命を奪われたことに対して恨みがないといえば嘘になる。

「……これから先、あなたには罪を償ってもらうわ」

「はい。この命が尽きるまで、どんなことでもする覚悟です」

涙を拭ったシルヴィアは、まっすぐに私を見つめる。

私は彼女を見つめ返し、きつく両手を握りしめると再び口を開いた。

「あなたには一生、神殿の地下牢で聖女として浄化をし続けてもらうことになる」

そう告げると、シルヴィアの両目が大きく見開かれた。

――これは私とフェリクス、ルフィノと三人で決めたことだ。

ファロン神殿内は魔物により穢《けが》れきっており、その浄化だけでかなりの年数を必要とするだろう。それ以外にも聖女として、浄化の仕事は数多くある。

神殿の人間にも陛下にも恨みはあるものの、この国の民達に罪はない。彼らにとっても神殿や聖女というのは必要なものであり、心の支えだ。

憔悴しているエイダたちの回復にも時間がかかるだろうし、シルヴィアには裏で今も残る聖女の力を使い、贖罪《しょくざい》してほしいと思っている。

「……っありがとう、ございます……」

きっとこれでもまだ彼女の処遇としては、甘いものなのだろう。

けれどここで命を奪うよりも、国や民のために貴重な聖女の力を使うべきだ。

「……これから先、辛い思いもたくさんするはずだわ」

一生を地下牢で生きていくのはひどく孤独で辛く、長いものになるだろう。

彼女を生かしたのは私の自己満足でもあり、シルヴィアとしてはあのまま命を落としていた方が楽だったのかもしれない。

「いいえ、私は死ぬよりも辛い思いをすべきですから」

それでもシルヴィアのエメラルドの瞳に、迷いはない。

その後も彼女は何度も私に対して謝罪の言葉を紡ぎ、静かに涙を流した。


——それから私と入れ替わるように、ルフィノが彼女のもとを訪れた。

二人が何を話したのか、私は知らない。

けれど戻ってきたルフィノの表情は穏やかなもので、口元には小さく笑みが浮かんでいた。

「……これで本当に、僕も前に進めそうです」

そう言った彼に安堵しながら、これから先、これまで起きた全ての事件によって人々が受けた傷が癒《い》えるよう、祈らずにはいられなかった。

最終章✴永遠を誓って

ファロン王国からリーヴィス帝国へ帰宅した後、私たちは三日間の休みをもらった。

そんな私は今、王城内の庭園のベンチに座り、美しい花々を眺めている。

「これで本当に全てが終わったなんて、なんだか現実味がないわ」

「そうだね」

隣に座るフェリクスも同じ気持ちらしく、静かに頷く。

五箇所の「呪い」を解き、全ての始まりであった魔物を倒したことで、私やフェリクス、そしてこの国に本当の平穏が訪れていた。

「これから先、何をしようかしら」

もちろん皇妃として、聖女としてすべきことはまだたくさんある。

それでも必死に走り続けてきたこれまでとは違い、心の余裕も時間の余裕も増えるはず。

「それだって、ゆっくり考えればいいよ。俺はただその全てを必ず叶えてみせるから」

「……ありがとう」

フェリクスは本当に言葉通り、全てを叶えてくれるのだろう。

「私ね、たくさんのものに触れて色々な人に会って話をして、もっと外の世界を見てみたい」

これは前世の記憶を取り戻す前に、私が心から願ったことだった。

フェリクスは繋いでいた私の手に指先を絡めると、柔らかく微笑んだ。

「あなたが望む限り、いくらでも。まずは復興も兼ねて国内を見て回って、それからは国外を二人で訪問して回るのもいいかもしれない」

「ええ、すごく素敵だわ」

フェリクスとなら、どんな場所でも楽しくて素敵なものになるという確信がある。

これから先の日々に胸を弾ませられることが、何よりも幸せだと思えた。

「ティアナ様、馬車の準備ができました」

やがてマリエルがそう声をかけてくれて、私は立ち上がるとフェリクスの腕を引いた。

「ティアナ？」

「この二日間ずっと王城内でこもってばかりだったから、気分転換をしたくて準備をしてもらったの。良かったらあなたもついてきてくれる？」

「ああ、喜んで」

快諾してくれたフェリクスと共に乗り込むと、馬車は事前に告げておいた行き先に向かって走り出す。フェリクスはどこへ行くのかも尋ねず、私に全て任せてくれる。

「……ここは」

やがて着いたのは、ダリナ塔だった。

結婚式の後にも訪れたこの場所は、初代皇帝が皇妃のために建てたものだ。

驚いた様子のフェリクスの手を引いて、長い階段を登っていく。

そうして辿り着いた最上階には、真っ白な石碑があった。

「……っ」

隣に立つフェリクスも、私がこの場所へ来た理由を理解しているのだろう。

二人で誓いを立てて石碑に魔力を注げば、強い効力を持つ誓約魔法により二度と他の相手と結ばれることはなくなる。

『何もしなくていいよ。ここで誓いを立ててしまえば、ティアナは俺以外と二度と結婚できなくなるから』

『いずれ全ての呪いを解き国が安定した後も、俺と一緒にいたいと思ってくれた時にはまたこの場所へティアナと共に来られたら嬉しい』

だからこそあの日、フェリクスは私にそう言ってくれた。

(私の心はもう、決まっているもの)

フェリクスに向き直ると、私は繋いでいた彼の手を両手で握り締め、見上げた。

「大好きよ、フェリクス。今も昔もずっと、私のことを好きでいてくれてありがとう」

「…………」

「私はこれから先も、あなたの側で生きていきたい」

昔から変わらない透き通った瞳が、静かに揺れる。

「愛してるわ」

そして生まれて初めての「愛してる」を伝えた瞬間、私は彼に抱き寄せられていた。

その腕は少しだけ震えていて、胸が締め付けられる。

「……ありがとう。本当に、本当に俺を選んでくれて嬉しい」

「ええ」

「俺もティアナを愛してる」

この先もずっと側にいると言ってくれた彼に、胸がいっぱいになって視界がぼやけていく。

フェリクスにもう一度出会えて、彼がずっと側にいてくれたから、今の私がある。

「一生、大切にすると誓う」

「……うん」

大きなフェリクスの背中に腕を回し、大好きな温もりと香りに包まれながら、二人でもう一度この場所に来られたことに、心から感謝した。


それからは二人で石碑に手をついて、一生共にあるという誓いを立てながら魔力を流した。

「すごく綺麗ね」

「ああ」

石碑は優しい金色の光を放ち、心臓の辺りにまで温かな魔力が流れてくる。

やがて光が消えると、私たちは再び手を繋ぎ、ゆっくりと振り返った。

そこからは以前と変わらない夕日と帝国の領土が一望でき、その美しさに目を奪われる。

――呪いを受けたリーヴィス帝国が失ったものは多く、まだなすべきことも尽きない。

けれどフェリクスとなら、必ず元のあるべき姿——それ以上により良い国を作っていけると信じている。

右隣を見上げると、自然と大好きな彼と視線が絡む。

「愛してる、ティアナ」

「私もよ」

やがて幸せそうに微笑んだフェリクスの顔が近づいてきて、そっと目を閉じる。

重なった唇から、全身に幸せが広がっていくのを感じた。


——なんの力もなくいつだって孤独で、空っぽ聖女と呼ばれていた私はもういない。

大切な人たちを守る力も、愛する人々も、私を愛してくれる人だって今は側にある。

そしてこれから先も、そんな大切なもので溢れていくという確信がこの胸にはあった。

かきおろし

やり直しの新婚生活

フェリクスと改めてダリナ塔で誓いを立ててから、もうすぐ一ヶ月が経つ。

今度こそ本当の夫婦として、甘い新婚生活を送っている――はずだったのだけれど。

「ティアナ様、魔物の討伐に行った騎士団に多くの怪我人が出ております」

「ええ、今行くわ」

「皇妃様、公爵夫人がお会いしたいとのことで――」

「お会いすると返事をしておいてちょうだい」

呪いが解けた帝国の勢いは凄まじく、これまで通りの仕事の他、国内の社交、そして諸外国との関係の構築まで仕事は尽きない。

そして呪いを解いた新たな「大聖女」として周知された今、私の人気も凄まじく、あちこちに引っ張りだこだった。

もちろん民から求められることは嬉しいし、「呪い」の影響を受けた全ての場所、そして心の傷が回復するまでまだまだ時間はかかる。

少しでも支えになりたいという気持ちから、寝る間も惜しんで仕事や公務を続けていた。

どんどん帝国が躍進していくのが嬉しくて、心からやりがいを感じている。

その他にもいくつか、理由はあった。

『でも、皇妃様ってファロン王国では「無能聖女」なんて呼ばれていたそうじゃない』

『本当に「呪い」を解いたのか？　デラルト王国のイザベラ様の功績を横取りしたのかもな』

『相当な美女なんだろう？　噂の賢帝も女に溺れたか』

シルヴィアによる私の悪評は思いのほか国外にまで広がっていて、私に対しての心ない噂が立っているようだった。

私自身はいくらでも悪く言われても構わないけれど、私のせいで帝国やフェリクスを貶《けな》されるのだけは許せない。

だからこそ、私の働きをしっかり示していきたいと思っている。


そして最近、フェリクスに有能な秘書がついた。

「皇妃様、こちらをどうぞ」

「ありがとう」

私の四つ上の侯爵令嬢だという彼女は長い紺色の髪をひとつに束ねた、美しい女性だった。

帝国一の学院を主席で卒業した才女だという彼女は、常にフェリクスの側にいて、その仕事を完璧にサポートしているのだと、周りから聞いている。

フェリクスもかなり楽になっているようで、私からも感謝すべきと思っていたのだけれど。

『オードリー女史が来てくださってからというもの、フェリクス様もご機嫌ですね』

『ああ、一番助かっているよ』

——ある日の夜中、フェリクスに差し入れをしようと執務室を訪れた際、ドア越しにバイロンとのそんな言葉が聞こえてきた。

（ご機嫌、一番……）

私なりにできることは全力でやっているつもりだったけれど、彼女が一番フェリクスを助けているという事実に、ずきりと胸が痛んだ。

そもそも私の立場では国や民のために尽くすのは当然で、順位なんて気にすべきじゃない。

そう分かっているのに「ご機嫌」という言葉もあって、引っかかってしまう。

「ティアナ様、こんにちは——って、どうしてそんなにも頬を膨らませているのですか？」

「……か、顔の体操よ」

廊下で出くわしたマリエルに不思議に思われるほど、むっとしてしまう。もちろんその原因が嫉妬であることだって、気付いていた。

他の誰かと比較するのが馬鹿らしくなるくらい、フェリクスから一途に愛されているのも分かっている。

それでも機嫌を損ねてしまうのは、それほど私がフェリクスを好きだからなのだろう。

（くだらない、幼稚だって分かっているけど、つい対抗心を燃やしちゃうのよね）

結果、ついつい仕事に打ち込む結果となってしまっている。

自分にこんな感情があったことを、初めて知った。

「ティアナ、少しは休んだ方がいいんじゃないかな」

そんな私の生活はフェリクスも知ることとなり、心配した彼にそう言われたこともあった。

「ううん！　体調には問題ないし、全然平気よ。今は頑張りたい時期っていうか」

「……そうか、ありがとう。俺も頑張るよ」

「私よりもフェリクスこそ休むべきだわ」

一方、フェリクスも私以上に多忙で、休む間もなく働き続けている。深夜、私が眠った後にベッドに入り、朝も彼の方が早く起きるため顔を合わせないということも少なくない。

（寂しいけれど、仕方のないことよね）

こんなにも忙しいのは今だけだと自身に言い聞かせて仕事に励み続け――……


さらにまた一ヶ月が経った、ある日の朝。

鏡台の前でマリエルに髪を結われながら、私は静かに口を開いた。

「……夫婦って、これで本当にいいのかしら」

「絶対に良くないと思います」

ぽつりとこぼした私に、マリエルは真顔ではっきりとそう言ってのける。

「や、やっぱり……？」

ずっと気付かないふりをしていたけれど、流石にそろそろ良くない気はしていた。忙しさは落ち着くどころかさらに増し、フェリクスとの時間はさらに減っている。

もはや私の意地とかそんなものは関係ないくらい、多方面から仕事を頼まれてしまうのだ。

「そもそもお二人とも、少しはお休みになるべきです！　尊敬も感謝もしておりますが、皇帝陛下と皇妃殿下である前に人なんですから」

マリエルは本気で心配してくれているからこそ、強く言ってくれるのだろう。

「でも、フェリクスも頑張っているのに私だけ休むのも申し訳なくて」

「フェリクス様はティアナ様が休まれないから、合わせていらっしゃるんだと思います。ティアナ様の手前、休むわけにはいかないというお考えなのでは？」

「た、確かに……」

マリエルの言う通り、フェリクスならそう考えそうだ。私がついつい張り切っているから、合わせてくれているのかもしれない。

「帝国のために働いてくださっているとなると、フェリクス様も強く言えないんでしょう。最近のティアナ様、本当に楽しそうでしたから」

「うっ……」

「帝国のために心を砕いてくださることは大変ありがたく思っていますが、ティアナ様ご自身の幸せや日常、そして夫婦生活を大切にしてほしいです」

「……ありがとう」

そんなマリエルの言葉に、私は頷くほかなかった。

前世でもずっと多忙で、ファロン神殿でも虐げられ雑用を押し付けられ、帝国に来てからも呪いを解くことに必死で休む暇なんてほとんどなく。

（私って、休むのがとんでもなく下手《へた》なのでは……？）

最初にフェリクスと結婚に関する契約をする際も、生活を満喫するだとか、いずれのんびり暮らそうだとか考えていたはずなのに。

リーヴィス帝国を愛するあまり、全く真逆の道に自ら突き進んでいっている。

「休みたいとは思うんだけど、しばらく先まで色々と仕事や予定を入れてしまっているから、今すぐどうにかなる問題でもないのよね……」

昔から誰かの頼みを断るというのが苦手で「私が少し頑張ればいいだけ」と考えて、なんでも受け入れてしまうのは悪い癖だった。

とにかくこれ以上は予定を入れないようにして、目の前の仕事をこなしていき、落ち着いた後に改めてフェリクスとゆっくり過ごしたい。

その前にまずは今日、きちんと時間を作ってフェリクスと話をしようと決めた時だった。

「ティアナ、入ってもいいかな」

「フェリクス？　どうぞ」

ドア越しにフェリクスの声が聞こえてきて、声をかける。

何か用事があるのかしらとドアへ視線を向けた私は、目を瞬いた。

「おはよう」

「ええ、おはよう。今日はどこかへ出かけるの？」

いつもきっちりとした服装に身を包んでいるフェリクスは珍しく、ラフな私服姿で。どんな格好も似合っていて眩しいと思いながら、尋ねてみる。

「そうだよ、ティアナと一緒に」

「そうなのね、私と一緒に……私と一緒に？」

「ああ」

にっこりと微笑んだフェリクスは、戸惑う私に続けた。

「今日から二日間、俺とティアナは完全な休みにしたから」

「ええっ？　でも私、終わっていない仕事がまだたくさんあって……」

「大丈夫、俺が終わらせておいたよ」

「あ、あの量を……!?」

ただでさえ多忙な中、数日分の私の仕事までこなすなんて信じられない。けれどフェリクスがそんな嘘を吐くはずもないし、事実なのだろう。

「だから、ティアナの時間を俺にくれないかな？」

私の側へやってきたフェリクスは、そう言って手を差し出す。

（きっと私が休まないことを気にして、無理をしてくれたんだわ）

どこまでも優しいフェリクスに、胸を打たれる。断る理由なんてあるはずがなく、私は彼の手をそっと取ると立ち上がった。

「ええ、もちろんよ。本当にありがとう」

今この場では謝るよりも感謝を伝えるべきだと思い笑顔を向けると、フェリクスは「良かった」と微笑んだ。

今の私にできるのはこの二日間しっかり休みながら、フェリクスの望むことを少しでも叶えることくらいだろう。

「それで、どこへ行くの？」

「ゆっくり過ごせる場所だよ」

「……………？」

笑顔で「行こうか」と言うフェリクスに手を引かれ、私は王城を出て馬車に乗り込んだ。


それから三十分後、馬車に揺られて到着したのは王都の外れにある一軒家だった。

白い建物の側には美しく芝生が整えられた小さな庭園があり、木々が風に揺れている。

「ここは……？」

「俺の別荘。限られた人間しか知らないんだ」

私ですら初めて聞いたのだから、本当にほとんどの者が知らないに違いない。

建物自体は年季が入っているものの、丁寧に手入れされていて綺麗な印象を受ける。

「どうぞ」

フェリクスが彫刻を施されたドアをゆっくりと開け、中へと足を踏み入れる。物は少ないけれどどの家具も調度品も、選《よ》りすぐりのものが置かれているようだった。

（素敵な場所だわ。それにすごく落ち着く）

初めて来る場所なのになぜだろうと考えてすぐ、この場所が「フェリクスらしさ」で溢れているからだと気が付いた。

きっとフェリクスが選んだもの、フェリクスが好きなもので構成されているから、通い慣れた王城の彼の部屋にも似ていて、そう感じるのかもしれない。

「とても素敵ね、フェリクスらしくて好きだわ」

「良かった。お茶を用意するから、そこに座っていて」

広間に通され、高級感のある柔らかなソファに座った。フェリクスは手ずからお茶を用意してくれるらしく、近くの戸棚へと向かう。

その間、きょろきょろと辺りを見回していたけれど、人の気配が一切しない。

「メイドはどこにいるの？」

「いないよ。今日から二日間、俺とティアナだけで過ごすつもりだから」

「えっ」

フェリクスが荷物を自ら運んでいたこと、玄関で出迎えがなかったことにも納得がいく。

普段使っていない屋敷だとしても手入れは行き届いているし、こまめに掃除はさせているに違いない。王城から人を呼ぶことだって、簡単にできるはず。

それなのになぜ彼が誰もこの家に入れなかったのか、すぐに察してしまった。

「二人きりで過ごしたかったんだ。夫婦水入らずで」

フェリクスは微笑むと、私の前に良い香りのするティーカップをことりと置いた。

自分のくだらない感情が恥ずかしく、申し訳なく思えてきて、私は隣に座ったフェリクスの手を取ると、ぎゅっと両手で包み込んだ。

「……ごめんなさい。私、自分のことばかり考えていて」

「自分じゃなく、帝国のことを考えてくれていたんだろう。ティアナは素晴らしい皇妃だと、誰もが口を揃えて言っているよ」

「それなら良かったわ」

理由はさておき、結果的にはただ仕事をひたすらしていただけだから、周りからすればそう見えたのだろう。

複雑な気持ちになっていると、フェリクスがじっとこちらを見ていることに気付いた。

「他に何か、俺に対して思っていることはない？」

「……あるわけないじゃない、あなたは完璧な夫で皇帝だもの」

ただの秘書に嫉妬していたとは言えず、つい隠してしまう。どう考えても問題があるのは私の方だった。

フェリクスはしばらく何も言わずにいたけれど、やがて「それなら良かった」と微笑んだ。

それからは軽く変装をして近くの商店街に買い物に行ったり、公園で少しのんびりしたり、一緒に食事を取ったりと、ここ最近の生活では信じられないくらい穏やかな時間を過ごした。

「フェリクス、食べるのが速くなったわよね。昔は遅くてルフィノにも怒られていたのに」

「……そのことは忘れてくれないかな」

「ふふ、ピーマンを食べたくなくて一時間経った時のことも忘れていないわ」

フェリクスと他愛のない話をするのも久しぶりで、ただ手を繋いで言葉を交わすだけで楽しくて幸せな気持ちになる。

「ティアナは昔よりたくさん食べるようになったね」

「ええ。食事のありがたみを知ったというか、なんというか……実はこの間、少しドレスがきつくなったから気を付けないと」

「俺はどんな姿でも好きだし、気にしないよ」

「うっ……あまり甘やかさないで……」

そしてフェリクスとの時間が最も大事で、これからも大切にしていきたいと思った。


翌日もフェリクスと二人で楽しく過ごし、あっという間に二日目の晩になってしまった。

ゆっくりお風呂に入り、子どもが眠るような時間にふかふかのベッドに飛び込むと、あまりの極楽さに涙が出そうになった。

のんびりと過ごしてみて、自身が疲れていたのだということにも気が付き、この二連休が明けてからは改めて仕事の量に気を付けようと思った。

ベッドの上で寝転んでいると、ソファに座っていたフェリクスが近付いてくる。

「えっ……」

そして彼はベッドの上に上がり、私の上に覆いかぶさる体勢になった。

シャツ一枚のフェリクスに見下ろされる形になり、ドキドキが止まらなくなる。

――フェリクスとそういうことになるのは、初めてではない。けれどまだまだ慣れるはずなんてなく、未だにキスひとつで照れてしまう。

「……んっ、う……」

両手首を掴まれ、唇を塞がれる。

そのまま手首を掴んでいた手が身体へ伸びてきて、恥ずかしさを抑えつけてぎゅっと目を閉じた時だった。

「……俺のことが嫌なわけじゃないんだな」

そんなフェリクスの声が聞こえてきて、困惑しながら目を開ける。

何がどうしてフェリクスのことを嫌だと思うのか、さっぱり理解できない。

「どういう意味……?」

「ティアナは元々仕事熱心だけど、最近は度を超えていたから。仕事を口実にして、俺と顔を合わせたくないのかと思って」

「えっ……」

まさかのまさかで全く真逆の誤解をされていて、困惑してしまう。

秘書に嫉妬して「負けたくない！」と仕事に打ち込んでいた私も私だけれど、フェリクスを避ける口実に仕事をしていたという発想もおかしい。

「違うの、そんなつもりはなくて」

「前にも言ったけど、俺は絶対に別れるつもりはないよ」

「ま、待って」

「それ以外ならどんなことだってするから」

逃がさないとでもいうように、きつく抱きしめられる。

けれど、本当に待ってほしい。完全にフェリクスは斜め上の勘違いをしたまま、突き進んでしまっている。この二日間だって、仲良く楽しく過ごしていたというのに。

そしてこんな状況なのに「絶対に別れるつもりはない」と断言されたことに安心し、少しときめいてしまった自分が嫌になった。

(でも思い返せば、フェリクスは昔からそういうところがあったわ)

——前世で彼が子どもの頃に一度、身の丈に合っていない危険な魔法を使った際、きつく叱ったことがあった。

私としてはもう二度と危ないことをしてほしくなかっただけなのに、フェリクスは私に嫌われたのだと勘違いして、しばらく避けて顔を見せてもくれなかった。

なんとか捕まえて「大好き」「もう怒っていない」と伝えて事なきを得たものの、一度強く思い込んでしまうと誤解を解くのは大変だと学んだ記憶がある。

ずっと離宮に閉じ込められていたこと、人に――私に嫌われるのが何よりも怖かったからだろうと、ルフィノが言っていたことも思い出す。

ひとまず本当のことを話すしかないと、私は恥を捨てて口を開いた。

「し、嫉妬を！　していたの！」

「………は」

信じられないという顔をして、フェリクスは私を見下ろす。

それからは秘書の女性のことを「一番」と言っていたのが悔しくて、仕事についつい打ち込んでしまったことなどを話した。

フェリクスは黙って聞いてくれていたけれど、私が話し終えた後は腕で目元を覆うと、深い溜め息を吐いた。

「本当に？」

「ええ、恥ずかしくてどうしようもないくらいの事実よ」

もはや開き直ってはっきり言うと、よほど信じられないのかフェリクスは片手を口元にあてて「嫉妬……」と戸惑いながら繰り返している。

「仕事で一番だと言ったことに、嫉妬してくれたと」

「そ、そうです……」

冷静になると、我ながらしょうもない理由すぎる。

普通、嫉妬というのは異性と触れ合ったり親しくしたりすることに対してするものだと、恋愛に関する知識が乏しい私でも分かる。

いたたまれなくなり、もう誤解も解けたことだしこのまま毛布を被って寝てしまおうか、なんて考えていると不意に抱きしめられた。

「……嬉しい」

そして私の肩に顔を埋め、ぽつりとそう呟く。

「ティアナも俺のことが好きなんだって、実感した」

「面倒だと思っていない？」

「まさか、もっと妬いてほしいくらいだよ」

フェリクスはそう言うと、顔を上げた。

「ちなみに俺が言っていたのは、ティアナと過ごす時間を作るために一番働いてくれている、って意味の『一番』だったんだ」

「えっ」

「そもそも彼女はティアナとの時間を作るために雇ったんだ。まさか聞いているとは思っていなかったから、言葉が足りなくてごめん」

そして機嫌が良いというのは、私と過ごすまとまった時間を作れそうなことに対してのものだったらしい。

（そ、そんなの分かるわけないじゃない……）

とはいえフェリクスはどこまでも私のことを考えてくれていたのに、勝手に立ち聞きをした上に勘違いをし、些細なことで嫉妬していた自分が恥ずかしくなる。

「それくらいで不安になるくらい、俺のことが好きなんだ？」

「……そうです」

「かわいい」

一方、やはりフェリクスはご機嫌で、再び毛布の中に逃げ込みたくなった。

けれど再び整いすぎた顔が近付いてきて、キスをされる。

「じゃあもう、遠慮する必要はないよね？」

「えっ」

「昨日はティアナの気持ちが分からなかったから、我慢をしていたんだ」

戸惑う私を見下ろすフェリクスの笑顔は、それはもう眩しいもので。

「……好きだよ、本当に」

二度と嫉妬なんてする必要がないと実感しながら、私は再び彼の唇を受け入れたのだった。

◇あとがき

こんにちは、琴子と申します。この度は「空っぽ聖女として捨てられたはずが、嫁ぎ先の皇帝陛下に溺愛されています」二巻をお手に取ってくださり、ありがとうございます。
ティアナとフェリクスが結ばれ、全ての呪いを解き、敵を倒すという怒涛の展開でしたが、ハッピーエンドまで書けて大満足です！　ルフィノもイザベラも幸せになってほしいです。

また、素敵なイラストを描いてくださったザネリ先生、本当にありがとうございます。どのキャラクターも最高に魅力的で、とっても大好きです……！
担当編集様、本作の制作・販売に携わってくださった全ての方にも、感謝申し上げます。

そして小山るんち先生による美麗で最高にときめくコミカライズも連載中、コミックス二巻も大好評発売中です。今すっごく良いところなので！　なにとぞ！
島﨑信長さん、照井春佳さん、緑川光さんという超豪華キャストの皆さまによるオーディオドラマやボイコミもあり、本当に神なのでぜひ聞いていただきたいです。すごいです。

最後になりますが、ここまでお付き合いくださり本当にありがとうございました！

琴子

Karappo seijo toshite suterareta hazuga, totsugisaki no kouteiheika ni Dekiai sareteimasu.

空《から》っぽ聖女《せいじょ》として捨《す》てられたはずが、嫁《とつ》ぎ先《さき》の皇帝陛下《こうていへいか》に溺愛《できあい》されています 2

2024年5月2日　初版発行

著者

琴子《ことこ》

イラスト　ザネリ

発行者　山下直久

発行

株式会社 KADOKAWA

〒102-8177 東京都千代田区富士見2-13-3

電話 0570-002-301（ナビダイヤル）

印刷所　図書印刷株式会社

製本所　図書印刷株式会社

お問い合わせ

https://www.kadokawa.co.jp/

（「お問い合わせ」へお進みください）

※内容によっては、お答えできない場合があります。

※サポートは日本国内のみとさせていただきます。※Japanese text only

定価はカバーに表示してあります。

ISBN 978-4-04-074857-3 C0093

Printed in Japan

装丁／島田絵里子　ロゴデザイン／関根 彩　校正／鷗来堂　担当／塩谷高彬